古典文藝研究輯刊

二四編

曾永義 主編

第 13 冊

血粉戲及其劇本十五種（下）

李德生 著

國家圖書館出版品預行編目資料

血粉戲及其劇本十五種（下）／李德生 著 -- 初版 -- 新北市：
花木蘭文化事業有限公司，2021〔民 110〕
目 2+172 面；19×26 公分
（古典文學研究輯刊 二四編；第 13 冊）
ISBN 978-986-518-575-6（精裝）
1. 中國戲劇 2. 戲劇評論
820.8   110011668

ISBN-978-986-518-575-6

9 789865 185756

古典文學研究輯刊
二四編 第十三冊   ISBN：978-986-518-575-6

血粉戲及其劇本十五種（下）

作 者	李德生	
主 編	曾永義	
總 編 輯	杜潔祥	
副總編輯	楊嘉樂	
編 輯	許郁翎、張雅淋、潘玟靜 美術編輯 陳逸婷	
出 版	花木蘭文化事業有限公司	
發 行 人	高小娟	
聯絡地址	235 新北市中和區中安街七二號十三樓	
	電話：02-2923-1455／傳真：02-2923-1452	
網 址	http://www.huamulan.tw 信箱 service@huamulans.com	
印 刷	普羅文化出版廣告事業	
初 版	2021 年 9 月	
全書字數	268982 字	
定 價	二四編 20 冊（精裝）台幣 45,000 元	版權所有・請勿翻印

血粉戲及其劇本十五種(下)

李德生 著

《下書殺惜》

（根據 1961 年周信芳演出本整理）

上世紀六十年代初周信芳與趙曉嵐演出的《下書殺惜》劇照

主要角色

宋江：生

閻惜姣：旦

閻婆：彩旦

【第一場】

（宋江上。）

宋江　　　　　（西皮搖板）　　出門只見紅日下，

　　　　　　　　　　　　　　　玉兔明亮甚瀟灑。

	（白）	卑人宋公明。自從那日離了烏龍院，與惜姣吵鬧，永不到她處，這且不言。今日諸位賢弟，邀我衙前議論，不知為了何事？不免衙前走走。
	（西皮搖板）	丈夫休要變心意， 豈能叫那婦人欺。

（宋江下。）

【第二場】

（閻婆上。）

閻婆	（念）	良言一句三冬暖，惡語傷人六月寒。
	（白）	老身媽兒娘。只因女兒惜姣，性情不好。這幾日也不見宋大爺到烏龍院中走走。我不免到大街之上，找尋找尋便了。
	（二黃搖板）	行至大街四下看，
	（宋江上。）	
閻婆	（二黃搖板）	只見大爺宋三郎。
	（白）	哎呀呀，這倒巧得很。偏偏遇見著了。 啊，宋大爺，請回，請回。
宋江	（白）	哦，我道是誰，原來是媽兒娘。少陪了，少陪了，改日再見！

（閻婆拉住宋江。）

閻婆	（白）	宋大爺，回來回來！不要走！我這有話講。
宋江	（白）	有話改日再談，我衙前有事，不要這樣拉拉扯扯，被旁人看見，像什麼樣兒？
閻婆	（白）	你等一等，不要走，我有話說。
宋江	（白）	你有什麼話，快說！
閻婆	（白）	宋大爺為何這幾日不到烏龍院走走？
宋江	（白）	我衙前有事，無有工夫。
閻婆	（白）	我那女兒在那裡想你。
宋江	（白）	我怕她不是想我吧！

| 閻婆 | （白） | 噯，她想的是你！你隨我走哇！ |

（閻婆拉宋江走。）

| 宋江 | （白） | 你不要拉拉扯扯！ |
| 閻婆 | （白） | 走哇，走哇！ |

（閻婆拉宋江同進門。）

閻婆	（白）	嚇，宋大爺，你在此請坐，我叫我女兒下來。
宋江	（白）	你不要叫她，我就要走。
閻婆	（白）	你不要走哇，待我叫她下樓。
		嚇，兒啊！
閻惜姣	（內白）	什麼事？
閻婆	（白）	三郎來了，快些下樓來吧！
閻惜姣	（內白）	哪一個三郎？
閻婆	（白）	是你心腹上的三郎！
閻惜姣	（內白）	哪一個心腹上的三郎？
閻婆	（白）	你不要管他哪一個，你下樓來便明白了。
閻惜姣	（內白）	母親問他這幾日為何不到烏龍院走走？快將他罰跪庭前。等女兒梳洗一畢，再來發放。
閻婆	（白）	哦，是了。
		啊，宋大爺，我的女兒將你怪了下來。
宋江	（白）	怪我何來？
閻婆	（白）	她說道：這幾日為何不到烏龍院走走？將你罰跪庭前。梳洗一畢，再來發放。
宋江	（白）	只怕不是想我吧！
閻婆	（白）	她是想你。我來看看她梳洗完了沒有。
		啊，女兒，梳洗完了沒有？
閻惜姣	（內白）	梳洗完了。
閻婆	（白）	下樓來吧！
閻惜姣	（內白）	來了！
		（內二黃平板）忽聽三郎到來臨，

（閻惜姣上。）

| 閻惜姣 | （二黃平板） | 輕移蓮步下樓行。 |

（閻惜姣下樓。）

| 閻惜姣 | （二黃平板） | 我這裡上前來觀定， |

（宋江、閻惜姣對看，閻惜姣作氣惱狀。）

| 閻惜姣 | （二黃平板） | 抬頭只見對頭人。 |

（閻惜姣將椅搬開，獨自坐。）

| 閻婆 | （白） | 宋大爺，我女兒下來了，你上前說幾句。 |

（宋江推閻婆。）

| 宋江 | （白） | 要去你去，我是不去！ |
| 閻婆 | （白） | 哦呦，說兩句話，也就完了，這樣推推撞撞。你不去，我叫我的女兒來。啊，兒呀，你去與宋大爺說上幾句。 |

（閻惜姣推閻婆。）

閻惜姣	（白）	要去你去，我是不去！
閻婆	（白）	他二人俱是一樣的脾氣。我再叫宋大爺去。啊，宋大爺，若要好，大讓小。她小你大，說兩句好話，也就完了。
宋江	（白）	我是不去！
閻婆	（白）	你去吧！

（宋江使勁推閻婆。）

| 宋江 | （白） | 太囉嗦了！ |
| 閻婆 | （白） | 不去拉倒！你一推，她一撞，把我推個三長兩短，看你們怎樣得了！啊，兒啊，想我母女二人，吃的是宋大爺的，穿的是宋大爺的，你若不去，叫我怎麼樣呢？來來來！ |

（閻婆一手拉閻惜姣，一手拉宋江。）

閻婆	（白）	啊，宋大爺，請到樓上去。
宋江	（白）	我是不去。
閻婆	（白）	你來呀！

|（二黃平板）|今日裏好比七月七，|
| |牛郎、織女會佳期。|

（閻婆、宋江、閻惜姣同上樓。）

宋江	（白）	我走，我走！
閻婆	（白）	不要走，不要走！
閻惜姣	（白）	我走，我走！
閻婆	（白）	噯，你也不要走！你二人坐在這裡，我去拿茶來。

（閻婆出門，鎖門。）

| 閻婆 | （白） | 我將門兒倒扣，怕你二人不說話。 |

（閻婆下樓，下。宋江、閻婆對看，作氣狀。閻惜姣睡。）

| 宋江 | （白） | 我說不來，我倒又來了。哦，我好悔也！ |

（【起初更鼓】。）

宋江	（二黃平板）	聽譙樓打罷了初更時分，
		忽然想起狗賤人。
		我本當將她來摟抱，
	（白）	噯！
	（二黃平板）	公明豈是下賤人，啊，下賤人。

（【起二更鼓】。）

閻惜姣	（白）	呀！
	（二黃平板）	聽譙樓打罷了二更時分，
		那一旁坐定了有情之人。
		我這裡上前來將他摟抱，
	（白）	噯！
	（二黃平板）	我惜姣豈是那下賤之人，噯，下賤之人。

（【起三更鼓】。）

宋江	（白）	噯！
	（二黃平板）	三更三點月正明，
		越思越想越愁人。
		這裡一刀要你的命，

（宋江取刀，作刺狀，收起。）

| 宋江 | （白） | 噯！ |
| | （二黃平板） | 大丈夫做事三思而行，啊，三思而行！ |

（【起四更鼓】。）

閻惜姣	（白）	呀！
	（二黃平板）	聽譙樓打罷了四更時分，
		惜姣起下殺人心。
		我這裡將他來刺死，

（閻惜姣取剪刀，作刺狀，收起。）

| 閻惜姣 | （白） | 噯！ |
| | （二黃平板） | 惜姣做事要三思行，噯，要三思行！ |

（【起五更鼓】。）

| 宋江 | （白） | 天也明亮，她還睡在那裡。待我走了吧！ |

（宋江開門，口袋落地，宋江沒有留意，下樓。）

| 宋江 | （白） | 我真的不來了！ |

（宋江下。閻惜姣醒。）

| 閻惜姣 | （白） | 他走了，待我回床睡覺去！ |

（閻惜姣看口袋，拾起。）

| 閻惜姣 | （白） | 這是什麼東西？原來是個討飯的叫化袋！ |

（閻惜姣伸手進去摸。）

閻惜姣	（白）	這是一錠金子，待我收下。還有書信一封，待我看來：
		「上寫梁山晁蓋拜……」
		啊呦，慢著！聞聽人說，宋江私通梁山。宋江啊，宋江，無有此事便罷；若有此事，這就是你的對頭到了！

（閻惜姣睡。宋江急上。）

| 宋江 | （白） | 走啊！啊呦且住！適才我從烏龍院走後，失落黃金、書信。這黃金事小，信若被人拾去，我的性命難保！ |

（宋江急。）

| 宋江 | （白） | 啊呀且住！我不免去到烏龍院尋找便了！ |

（宋江進門，尋找不到，呆，做出門時各種姿勢，發急，起。）

| 宋江 | （白） | 啊呀！ |

（宋江走向閻惜姣。）

| 宋江 | （白） | 啊，閻大姐醒來！ |

（閻惜姣醒。）

閻惜姣	（白）	宋大爺，你不是走了麼？
宋江	（白）	不錯，我是走了，又回來了。
閻惜姣	（白）	你回來幹什麼來了？
宋江	（白）	我失落一樣東西，大姐可曾看見？
閻惜姣	（白）	不錯，看見了。不是一隻叫化袋麼？
宋江	（白）	是是，一隻叫化袋，快快把還與我。
閻惜姣	（白）	拿去！

（閻惜姣將袋擲在地下，宋江連忙拾起，摸帶內。）

宋江	（白）	啊，大姐，裏面還有一錠黃金。
閻惜姣	（白）	黃金我收下了。
宋江	（白）	本是送與大姐買花兒戴的。
閻惜姣	（白）	謝謝你！
宋江	（白）	啊，大姐，裏面還有一樣東西，可曾看見？
閻惜姣	（白）	敢是書信？
宋江	（白）	噯，不錯，把還與我。
閻惜姣	（白）	你的書信上面寫的什麼言語？
宋江	（白）	沒有什麼言語。
閻惜姣	（白）	好呀，你私通梁山！
宋江	（白）	呀，大姐不要說出口來！快快把還與我！
閻惜姣	（白）	你要書信卻也不難，要依我一樁事情。
宋江	（白）	什麼事？
閻惜姣	（白）	你寫封休書把我休了。
宋江	（白）	我宋江一不休妾，二不賣子，寫的什麼休書？

閻惜姣	（白）	你不寫，我走了！
宋江	（白）	你到哪裏去？
閻惜姣	（白）	我睡覺去！
宋江	（白）	我與你寫。
閻惜姣	（白）	你與我寫！
宋江	（白）	啊，大姐，無有紙筆墨硯，寫不成了。
閻惜姣	（白）	你來看，這不是麼？
宋江	（白）	啊，閻大姐，你早有此心麼？
閻惜姣	（白）	早有此心。
宋江	（白）	我與你寫！

（宋江拿筆欲寫。）

宋江	（白）	怎樣寫法？
閻惜姣	（白）	我說你寫。
宋江	（白）	你且講來。
閻惜姣	（白）	「立休書人宋江休妻閻惜姣」。
宋江	（白）	慢來，不得「休妻」，乃是「休妾閻惜姣」。
閻惜姣	（白）	「任憑再嫁張……」
宋江	（白）	「張」什麼？還是「立早」，還是「弓長張」？
閻惜姣	（白）	被他把我問住了。我說出口來，還怕他不成？「任憑改嫁張文遠」！
宋江	（白）	呀呸！張文遠是我的小徒，你為何私通與他？
閻惜姣	（白）	你寫不寫？
宋江	（白）	我不寫！
閻惜姣	（白）	你不寫，我走了！
宋江	（白）	哪裏去？
閻惜姣	（白）	睡覺去！
宋江	（白）	我與你寫！

（宋江寫。）

宋江	（白）	拿去！

閻惜姣	（白）	拿來！

（閻惜姣看。）

閻惜姣	（白）	這不成！
宋江	（白）	要怎樣寫呢？
閻惜姣	（白）	要你打上手模足印。
宋江	（白）	呀呸！我宋江一不休妾，二不賣子，打的什麼手模足印！
閻惜姣	（白）	你不打，我是走了！
宋江	（白）	你往哪裏？
閻惜姣	（白）	睡覺去！
宋江	（白）	我與你打。
閻惜姣	（白）	你與我打！

（宋江打手模足印。）

閻惜姣	（白）	拿來！
宋江	（白）	慢來，你將書信把還與我。
閻惜姣	（白）	我還逃得脫你的手麼？
宋江	（白）	我諒你逃不出我手！拿去！

（閻惜姣接休書，看。）

閻惜姣	（白）	告辭了！
宋江	（白）	你又去睡覺！
閻惜姣	（白）	我去睡去！
宋江	（白）	書信把還與我的好！
閻惜姣	（白）	書信不能在這裡還你！
宋江	（白）	哪裏還我？
閻惜姣	（白）	鄆城縣堂上還你！
宋江	（白）	我來問你，鄆城縣是狼？
閻惜姣	（白）	不是狼！
宋江	（白）	是虎？
閻惜姣	（白）	不是虎！
宋江	（白）	吞吃我宋江？

閻惜姣	（白）	雖不是狼虎，你也要怕他三分！
宋江	（白）	還是把還我的好！
閻惜姣	（白）	近前來！

（宋江走上，閻惜姣打宋江嘴巴。）

閻惜姣	（撲燈蛾）	開言罵宋江，
		私通那梁山！
		你要我的書和信，
		隨我去見官！

（宋江氣，欲動手打閻惜姣。）

宋江	（撲燈蛾）	大罵閻婆惜，
		你敢把我宋江欺！
		勸你把還我書和信，
	（白）	哼哼！
閻惜姣	（白）	你還打我？
宋江	（白）	我還打不得你！

（宋江拔刀。）

| 閻惜姣 | （白） | 你敢殺我？ |
| 宋江 | （白） | 嗏！ |

（宋江刺死閻惜姣，搜出書信，藏身上。）

| 宋江 | （白） | 待我叫媽兒娘來。 |
| | | 媽兒娘快來！ |

（閻婆上。）

閻婆	（白）	宋大爺，你起來得早。
宋江	（白）	你女兒性情不好。
閻婆	（白）	看在我的份上。
宋江	（白）	看在你的份上，我將她殺死了！
閻婆	（白）	現在哪裏？
宋江	（白）	在這裡！

（閻婆撫閻惜姣哭。）

| 閻婆 | （哭） | 啊呀兒啊！ |

| 宋江 | （白） | 不許你哭！屍首搭下去！ |

（閻惜姣下。）

閻婆	（白）	看在老身份上，賞她棺木一口。
宋江	（白）	這有十兩紋銀，你去辦來。
閻婆	（白）	不知路徑。
宋江	（白）	隨我來！

（宋江、閻婆同下樓，同出門。閻婆兩邊張望。）

| 閻婆 | （白） | 宋江殺人了！ |

（閻婆打宋江嘴巴，宋江拖閻婆同下。）

（完）

《貪歡報》(秦淮河)

（根據 1923 年荀慧生演出劇本整理）

上世紀三十年代荀慧生演出《貪歡報》的劇照

主要角色

安道全：生
李湘蘭：旦
鴇兒：彩旦
張順：武生
張旺：武丑

【第一場】

（安道全上。）

| 安道全 | （引子） | 貪戀裙釵，花費了，許多金銀。 |
| | （白） | 在下安道全，鎮江人氏，只因此地青樓，有一美妓，名叫李湘蘭，生得天姿國色，有沉魚落雁之容，閉月羞花之貌，是我來在院中，花了許多銀錢，又將衣物質盡，那鴇兒每以白眼相加，少時她到來，難免又是一場惡氣。 |

（李湘蘭上。）

安道全	（白）	哦，小姐來了。
李湘蘭	（白）	我說你看人家各院之中，猜拳行令，吹彈歌唱，何等的熱鬧。單單咱們這院內，冰清冷皂。連我們這兒的灶王爺，也是垂頭喪氣，連一點精神都沒有。
安道全	（白）	想是那灶王爺，受了風寒，待我與他開上一個藥方兒，只要天門冬三錢，麥門冬三錢，防風二錢，連翹二錢，甘草一錢，生薑三片，煎成一大杯，與他吃了，蓋上一床厚厚的棉被，出上一身透汗，也就好了。
李湘蘭	（白）	我們灶王爺，不會吃藥，哪裏有這麼許多的藥嚇。
安道全	（白）	我這裡，丸散膏丹，件件俱全。
李湘蘭	（白）	什麼又丸散膏丹啦。

安道全	（白）	靈寶如意丹，人馬平安散，十香暖臍膏，還有一頂抱龍丸。
李湘蘭	（白）	你也不必報這藥名，我說你是有元寶銀錠兒，還是方槽，你拿出來換換，咱們這兒也熱鬧熱鬧。
安道全	（白）	我想銀錠，早隨著黃表紙碼燒了，這方槽嚇，我連馬槽也沒有。
李湘蘭	（白）	再不然，要有洋錢票子，也可以。
安道全	（白）	洋錢票子我沒有，當票子，倒有幾張。
李湘蘭	（白）	你這樣是個窮魔，一會我媽來了，我看你怎麼辦！

（鴇兒上。）

鴇兒	（白）	嚇哈！
李湘蘭	（白）	我說來了不是。
鴇兒	（念）	勾欄勾欄，必須銀錢。若無銀錢，何必眷戀。
安道全	（念）	勾欄眷戀，本是愛憐。若要銀錢，待等來年。
鴇兒	（白）	我說安老大。
安道全	（白）	你大爺，無有銀錢，又成了安老大了。
鴇兒	（白）	我叫你安老大，還是抬舉你吶。你要是有什麼打算，快快想法子，弄幾個錢來，你打聽打聽，天底下捨什麼的都有，沒有捨這個的。
安道全	（白）	你要錢，我是沒有，你要命，拿去。
鴇兒	（白）	我說你簡直的要無賴子。我告訴你說，你今有錢便罷，如若無有，你就是小孩子拉屎——你與我挪個窩罷。
安道全	（白）	你這是要叫我走嚇，這卻不難，你大爺進院的時節，帶來多少銀錢，均花在此處，今要叫你安大爺走，你將銀錢把還與我，我即刻就走。
鴇兒	（白）	好嚇，他倒有了理啦。

李湘蘭	（白）	媽呀，他既是叫咱們還他的錢，你叫他還得賠咱們的東西罷。
鴇兒	（白）	是嘛，我說你進院的時候，我們這孩子，準是呱呱叫，元封陳紹，打一探子，準是苦頭兒的，打從你到了這兒，你出來，進去，進去，出來，把門檻子都磨易了，你今個就與我修理門面罷。
安道全	（白）	任憑你說得天花亂墜，我還是沒有錢。
鴇兒	（白）	我看今個同你說好的，也是不行，我說老二這來。

（忘八上。）

忘八	（念）	自幼生來命運差，好吃好喝打哈哈。好樂好嫖又好耍，只落得當了老王八。
	（白）	什麼事嘛？
鴇兒	（白）	你把這個賣零碎綢子的，與我克出去。
忘八	（白）	交給我啦。 我說朋友，出去罷。
安道全	（白）	你是個什麼東西呀。
忘八	（白）	我是長三，么二，野雞，堂子，總葫蘆庫。這麼一個王八。
安道全	（白）	你原來是個烏龜，我將你這脊背剝開，要熬龜背腳魚膏。
忘八	（白）	你別罵人，我今個就是要揍你。
安道全	（白）	你這個王八羔的，竟敢打我。
李湘蘭	（白）	我說老二嘛，你不看別人，你還不看你妹子嘛。
忘八	（白）	我今個，我要是不看我妹子，我定肏你妹子。

（忘八下。）

| 李湘蘭 | （白） | 我說你真就一點打算都沒有嘛？ |

安道全	（白）	前次我與王大人的老太太看病，他言道病體 痊癒，要謝銀一千兩，如若送來，我全數奉 上。
李湘蘭	（白）	媽呀，他說他有一千兩銀子的指望，不久就 送來啦。
鴇兒	（白）	我說安大爺呀，你能真真不識玩，我說了兩 句玩笑話，你看你的臉都紅啦。你請坐，我 叫他們打酒去。
張順	（內白）	嚇哈！

（張順上。）

張順	（念）	踏破草鞋無覓處，得來全不費工夫。
	（白）	來此已是。

（張順喊。）

張順	（白）	有人麼？走一個出來！
鴇兒	（白）	我看看是誰呀。 噯，敢則是一個花雞蛋嚇。你是找誰的呀？
張順	（白）	你們這裡可有一位安道全的，安先生。
鴇兒	（白）	有有有。 安大爺，有人問你，多半是送銀子來啦。
安道全	（白）	待我看來。
張順	（白）	安先生。
安道全	（白）	不相認嚇。
鴇兒	（白）	你再細看看。
張順	（白）	安先生。
安道全	（白）	我還是不認識。
張順	（白）	先生嚇！
	（西皮搖板）	曾記得家母身有恙， 曾請先生開藥方。
安道全	（白）	我仍然不認識。

鴇兒	（白）	看這光景，必是騙錢的，你們回去等我打發他。
		我說朋友，你要是短錢花，好說好講，別玩這個把戲。
張順	（白）	呸，放你娘的屁，招打！

（張順打。）

鴇兒	（白）	撈毛的一齊動手。

（鴇兒、安道全、李湘蘭同下。眾撈毛同上，開打，眾撈毛同下。鴇兒上，張順打。安道全、李湘蘭同上。）

安道全	（白）	到底你是何人？
張順	（白）	在下浪裏白條張順。
安道全	（白）	認識了。
鴇兒	（白）	先說不認識，到如今打了稀雞巴腦兒爛，你又認識了？
安道全	（白）	張大哥到此何事。
張順	（白）	只因我大哥宋江，身患搭背，特請先生醫治。
安道全	（白）	原來如此，小弟尚有小事未了，暫歇幾日，一同前往。

（安道全、李湘蘭同下。）

鴇兒	（白）	我說你同我這來罷。
張順	（白）	你是個賣什麼的。
鴇兒	（白）	我們是賣扁食的。
張順	（白）	好，弄一碗嘗嘗。

（張順、鴇兒同下。）

【第二場】

（張旺上。）

張旺	（白）	這個人，要是發了財，運氣來了，城牆也擋不住。我剛一掀臺簾子，打鼓的就是一個撕鞭，八喇啦搭倉，就給我寸一下子。正是：
	（念）	人不發橫財不富，馬不吃夜料不肥。

	（白）	在下劫江鬼張旺，乘船為業，前一天來了一個客人，叫我渡他過江，我看他包裹內，金銀甚多，是我起了不良之意，同我夥計陳四商議，用藥酒將他灌醉，推到江中把他金銀得了，因為與陳四分贓不公，我把他也揍啦，這金銀我全得啦，故此買些衣裳，吃吃喝喝，這銀子花不完，燒做得我五雞子六獸，實實難受，我想到窯子裏逛逛，這錢可就花得快了，又不知道窯子在哪兒，向人家打聽，人家說你看見晚上，掛鐵絲大燈籠，我可就進去啦，裏頭有個上歲數的老掌櫃的，一招呼我，我說我有點色，他說是，你是生麝，還是熟麝。我說我是人色，要玩人，他就反了臉，把我罵出來啦。我又向人一打聽，人家說，你走錯了道兒啦。那是同仁堂藥店，我又重新細細一問，人說這秦淮河下，有一出名妓女，名叫李湘蘭，我倒要去看看，哈哈，到啦。

（鴇兒上。）

鴇兒	（白）	我說你能來啦？你怎麼老不來呀？
張旺	（白）	你這麼熱夥，你認識我是誰呀？我姓什麼？
鴇兒	（白）	你姓趙。
張旺	（白）	我不照。
鴇兒	（白）	你姓孫。
張旺	（白）	我不姓孫。
鴇兒	（白）	你姓這個。
張旺	（白）	你不必猜啦，我姓張。
鴇兒	（白）	不錯，張二爺。
張旺	（白）	我就是哥兒一個。
鴇兒	（白）	張大爺，請裏頭坐。
張旺	（白）	姑娘們兒來見客來。

（四姑娘同上。）

| 張旺 | （白） | 好好，擺酒，坐下，坐下，我說你們哪一位叫李湘蘭吶。 |
| 四姑娘 | （同白） | 你媽叫李湘蘭，八蛋肏的！ |

（四姑娘同下。）

張旺	（白）	老鴇子。
鴇兒	（白）	大爺，什麼事？
張旺	（白）	你們真欺生，一聲不言語，開口就罵人，是什麼道理？
鴇兒	（白）	你必是說力巴話啦。
張旺	（白）	我問你們誰叫李湘蘭，她們就罵起來啦。
鴇兒	（白）	怪不得，她們專忌諱這個，李湘蘭到在這兒，她有包家，不能見客。
張旺	（白）	常言道得好，識大買錢二，天牌壓地牌，大道旁的驢，誰愛騎誰騎，大爺有錢，一定要看看。
鴇兒	（白）	待我去看看，碰你的造化。

（鴇兒下。鴇兒、李湘蘭同上。）

| 鴇兒 | （白） | 你的運氣真不錯，可巧包家睡著啦。 |

（張旺看。）

張旺	（唱）	老娘親請上受兒拜，
	（白）	好好，坐下，我看她，簡直的，同我母親一樣。
		來，猜拳，猜拳，八仙呀，五奎，我輸啦，我喝，十全呀，四季呀，我輸啦，我喝。

（安道全上，看李湘蘭，李湘蘭起身，下。安道全翻桌。）

張旺	（白）	我說這是怎麼一回事？誰有錢，誰就是大爺，你這算是哪一回？
安道全	（白）	我把你這個狗才，安大爺的人，豈能陪你！
張旺	（白）	你別不要臉。

安道全	（白）	我打你這個狗才。
張旺	（白）	你動打動打，你可不行。

（安道全喚張順。張順上。）

| 安道全 | （白） | 張兄，你替我，打這個王八羔的！ |

（張順打，張旺下，張順追下。張旺上。）

張旺	（白）	老鴇子，快來。
鴇兒	（白）	什麼事？
張旺	（白）	你們這兒，怎麼弄這麼個大花臉，打我小花臉，你快叫人打他，有我吶。

（鴇兒喊。眾撈毛同上，起打，張順持刀上，殺，下。安道全抱李湘蘭同上，轉場，同下。張順上。）

| 張順 | （白） | 且住，你看安道全，迷住妓女，戀戀不捨，如何是好？有了，待我在壁上題寫幾字。 |

（張順下。安道全、李湘蘭同上。張順殺李湘蘭。）

張順	（白）	安道全，你殺了人，還不快快逃生，等待何時？
安道全	（白）	我何曾殺了人？
張順	（白）	你隨我來。

（張順拉安道全同轉場。）

張順	（白）	你來看，牆上分明寫的，「殺人者安道全」。
安道全	（白）	不好了！
張順	（白）	快快隨我，同上梁山便了。

（張順、安道全同下。）

（完）

《馬思遠・茶舘》（海慧寺）（雙鈴記）

（全本《馬思遠》劇本已難尋找，現根據加拿大亞洲圖書舘藏《清昇平署抄本》（複印件）整理。）

上世紀三十年代筱翠花演出的《馬思遠》劇照

主要角色

馬思遠：生

趙玉：旦

慊貨：丑

先生：丑

跑堂：丑

（馬思遠上）

馬思遠　　（唱）祖本順良，守在一鄉；江南隔教，勝似大客商，勝似大
　　　　　　客商。

　　　　　　在下，馬思遠，江南人氏。上京住十多年，在大柵欄開了一座
　　　　　　茶館，生意倒也興旺。今乃正月初一，連市開張。大喜，我叫
　　　　　　你找工龍江，你找來沒有？

大喜　　　（內）我找工龍江，沒有在家。

馬思遠　　王龍江沒有在家，咱們連市的買賣怎麼著哪？

大喜　　　（內）我找個丁剛夥計去。夥計，見見咱們四掌櫃的。

（大喜同跑堂上）來了，你哪謙憐著點罷！

馬思遠　　夥計，每年羊肉七八百，今年羊肉一弔錢。破些小錢，挑好點。

大喜　　　挑幌子開張！

（跑堂吆喝，慊貨上）

慊貨　　　掌櫃的！

　　　　　　（念）大掌櫃、二掌櫃，不知掌櫃哪一位。

　　　　　　前頭倒有養魚缸，後頭倒有梧梧樹，

　　　　　　梧桐樹上落鳳凰，鳳凰不落無寶地，後輩兒孫狀元郎。

跑堂　　　鄉親，幹什麼？

慊貨　　　我要小錢的。

跑堂　　　這咳，隔教不給錢。

慊貨　　　不給錢你們幹什麼的？

跑堂　　　我們這兒賣吃食物。

慊貨　　　巧了，我又渴又餓，又想水喝。

跑堂	你要想吃點什麼呀，裏面上坐坐桌上，下坐坐地下。
謙貨	你叫我坐在哪兒哪？
跑堂	那兒有板凳。
謙貨	你們這兒賣什麼？
跑堂	賣燒麥、家常便飯。
謙貨	鬧點窩窩。
跑堂	這兒不賣窩窩。
謙貨	鬧點小豆腐。
跑堂	這不賣這些個。
謙貨	你都不賣，我吃什麼？
跑堂	賣燒麥、湯雜碎。
謙貨	鬧壺酒，酒怎麼賣的？
跑堂	酒一百錢一壺。
謙貨	我喝不了，你給我鬧半壺。
跑堂	半壺你怎麼給錢？
謙貨	別打哈哈！鬧一壺罷，要個菜，要個炒肉片。
跑堂	我們這隔教，你要炒肉片。
謙貨	我要的是炒羊肉片，叫「他撒蜜」。
跑堂	要菜！拿上六壺酒，大餅烙五張，餡悖悖要五十個，要個炮腰子去了稍。哎，要個炮羊肉，吆哈，三百二。
馬思遠	大喜，你找的這個丁剛夥計，是怎麼的回事？六壺酒，五張大餅，五十餡餅，炮腰子去稍，炮羊肉片，這麼些東西才三百二十錢。
跑堂	這，咳，還有五弔票。
馬思遠	五弔三百二，我若不說你把五弔票帶起來了。

（跑堂吆喝、先生上）

先生	求財問喜來占算，圖財害命。
跑堂	你來在買賣鋪，你哪圖財害命？
先生	這是哪個小猴患子，打我這麼一下嚇？

跑堂	我說先生你別罵人，你來在我們鋪子裏頭。
先生	你告訴我出科。
跑堂	那是溝。
先生	是瞎子，遇見溝不結了麼，這是哪兒？
跑堂	這是馬思遠。
先生	馬思遠開張了麼？沒別的，我鬧個湯。咳！我說掌櫃的，我這個飯碗子交給你，你給我好好收起來。我說掌櫃的，我到哪兒坐著哇？
跑堂	你就在板凳上坐著。

（先生坐謙貨身上，辯嘴）

跑堂	說你們二位都瞧我了，先生落座，要菜。
先生	我說掌櫃的，我聽著你耳熟，貴姓？孫？
跑堂	你姓皮嚇。
先生	你道姓什麼？

（跑堂隨便說姓，先生白）

先生	你們這兒都賣什麼？
跑堂	賣燒麥、雜碎湯、家常便飯。
先生	你們這兒有雜碎還有湯，給我要個迷魂湯。
跑堂	要個迷魂湯？
先生	別打哈哈，我要一壺酒，要個菜，要個燒紫蓋：
跑堂	羊肉館不賣燒紫蓋。
先生	燒羊肉紫蓋，你再給我鬧碗湯，我有不吃的，你給我免去，免肝去肚不要肺，蔥絲香菜胡椒麵，一概不要，少米點湯。
跑堂	我給你拿個空碗來。
慊貨	我說掌櫃的，你給我鬧點菜要個溜蝦仁，
先生	當著我要溜蝦仁。

（跑堂勸）

跑堂	先生，人家要菜你挑眼。
先生	我不來你怎麼不要這菜。

慊貨	我有錢，你不准我要菜？
先生	你怎麼老沒離開瞎沒合眼的。
跑堂	先生瞧我了，他不會要菜，你哪湊合點，鬧對大蝦就酒喝。
先生	你也不是東西，你給我也要個菜，要六個雞蛋，拿謙勺灌。
慊貨	你這說我了，我約了。

（跑堂吆喝，要小錢的上）

要錢	（唱）普求寺內一棵松，有一個鳥兒落在樹中，飛在繡樓廳， 哼哎吆，飛在繡樓廳。 張生要拿彈弓打，鶯鶯紅娘摟抱弓，哀告張相公， 哼哎喲，哀告張相公， 求你幫來你就幫，掌櫃的！

（先生、慊貨隨便接聲，跑堂攔介）

跑堂	我們隔教不給錢。
要錢	不給錢，我們找個人。喲，先生在這兒了！（下）
先生	劉二妹子一塊兒走。
跑堂	哪兒劉二妹子？你揪住了我了。
先生	我這個喪。（入坐介） （唱）和風蕩蕩，漸漸天長。
跑堂	我說先生，和風蕩蕩什麼利錢？我們這是買賣鋪，不是你高樂的地方。

（慊貨隨便唱）

先生	（唱）么五對短，么六對人嫌。金屏有魚叫長三， 虎頭說坐在板凳把話閒談。
跑堂	掌櫃的，今日買賣是怎麼回事情？你出去瞧瞧。
馬思遠	我說先生，先生，一碗湯喝了個山叫怪嚷，你當我這是雜耍館子啦？你這一輩子瞎，下一輩子還瞎！
先生	我一輩子也不瞎。
馬思遠	謙朋友，你好好的喝湯。你不好好的喝湯，我拉到後頭去作強你。

（慊貨丟東西介，跑堂吹喝，趙玉上）

趙玉　　　　　（唱）一更鼓裏天，一更鼓裏天：

思想起情人睡也睡不安。

這兩天不來，你把你的心都改變。

哭了一聲人，叫了一聲天。

保祐我二人早早得團圓。團圓會上許了牛羊圈，

團圓會上許了牛羊圈。哎哎喲。

奴家，趙玉便是。許配王龍江為妻，家住在永定門外大沙子口。

我們當家的在馬思遠鋪內，耍著一份手藝，整年不回來。我在

家中，相了一小小的賣絨線的，姓賈的，名字就叫賈鬍子。賈

鬍子上我家常來常往，恐怕遇見我們當家的，好些不便。這一

天，我跟賈鬍子定了一個計策，但等我們當家的回在家內，打

了些酒，買了點菜，把他灌了個酩酩大醉，一把鋼刀，將他害

死。

瞎子　　　　　（念）你好老婆尖，膽子來的大。

這麼點人靠情家，我不給你個厲害你也不怕。

回手拿起笤帚疙瘩，乒打乒打，扒打扒打扒，

打斷麻經兒，笤帚疙瘩飛了花，

小奴家賣味麼有點哼哈。

跑堂　　　　　先生，先生，你哪賣味？

趙玉　　　　　今天閑暇無事，到馬思遠鋪內，找找晦氣，訛他倆錢，訛得多

了，找個背相之處，開個小小絨線鋪子。訛少了，我們兩人以

過這個小日子。豈不是好？

（唱）姐在房中繡麒麟，忽然間想起心腹上人，

常常掛在奴的心，哎哎喲，

常常掛在奴的心。

說之說之來到馬思遠鋪，我說有個帶腿的沒有，給我走出一個

來。

（跑堂扔壺燙了先生，先生躺在地下。跑堂扶起先生介）

跑堂　　　　　怎麼了？

先生　　　　　你燙了我了。

跑堂　　　　　我那是淨水。

先生	淨水該當燙人嗎？我說這個看街的，他這燙人了！
跑堂	今日頭天買賣，我的錯了，我這給你作揖了！
先生	你就磕頭也不行，我這吃了飯，賬錢七八百。
跑堂	你的飯賬錢我給了，還不行麼？
先生	就那麼辦了。
跑堂	咱們找誰？
趙玉	我找我們當家的王龍江。
跑堂	你瞧那邊站著的，哪個像你們當家的？
趙玉	你們家都是這麼找當家的麼？跑堂的回來！
先生	我說掌櫃的，外面有人找，可告訴我這有約會。
跑堂	外面有位堂客，找王龍江。
先生	我不是王龍江，我是黑龍江。
慊貨	掌櫃的，外而有找人的，可告訴我，我這有約會。
跑堂	外面有位堂客，找王龍江。
慊貨	我不是王龍江。
跑堂	你不是王龍江是誰？
慊貨	我是毛江。
跑堂	四掌櫃的，外面有人找。
馬思遠	大喜，你看外面誰來找？
大喜	咱們找誰？
趙玉	這不是大喜這小子嗎？
大喜	這小子不是你叫的。
趙玉	一年大二年小，忘了小時節，望大嬸胳膊上拉青屎。
大喜	你別說了，你忘了那一天，背著我們四掌櫃的，往你們家偷油香。（進櫃介）四掌櫃的，外面工龍江他家裏找。
馬思遠	說什麼？我讓你找王龍江沒在家，他們家裏倒上這裡找王龍江！孩嚇，孩嚇，我若一無常，這買賣你還做嗎？大喜，看著櫃，我外面瞧瞧。（出櫃介）咱們找誰？
趙玉	喇，這不是四掌櫃的麼？四掌櫃的，你好。
馬思遠	我又吃又喝，怎麼不好？

趙玉	四掌櫃的新喜了！
馬思遠	我隔教不懂得什麼叫新喜。你這是邪的。咱們找誰？
趙玉	我找我們當家王龍江。
馬思遠	什麼？你找你們當家的工龍江？你們當家的王龍江,頭年臘月二十三日,算了大賑家去,該我陳的沒要,新的沒給,我倒給他香油、白麵、羊肉、白菜、炸油香,還有五弔錢,我想隔教佛教是一禮,誰家沒有老婆孩子,普天蓋下,哪找你這等人？你倒上我這裡找王龍江。
趙玉	喇,馬四我告訴你,別跟我鬧這些個,紙糊的馬大顆兒,你不讓我當家的家去,打算什麼主意？
馬思遠	我看你這娘們,來者不善,早把你拉的後頭。
趙玉	哈哈！你要怎麼著？我就一要打了。
馬思遠	善者不來。要攔頭幾年,像你這娘們打不得？
慊貨	鄉親鄉親,這是怎麼了？瞧我了。
馬思遠	你別管。你看這娘們,來者不善,善者不來。
跑堂	你先請櫃房坐坐,衝著我了。
馬思遠	謙朋友,了的了再了,了不了有我們事在,我在櫃房聽你個話。
慊貨	你請回罷。我說大嫂子,怎麼啦,大正月的別鬧氣。
趙玉	謙小子,你是幹什麼的？是馬思遠把你使出來的。
慊貨	不是馬四把我使出來的,我是了事的。
趙玉	你認得我麼？
慊貨	你看我,不認得我就管了麼？我瞧你眼熟。
趙玉	莫非你認得我是誰？
慊貨	你姓工,對不對？
趙玉	哼哼！不錯呀。我可是姓王,我叫什麼？
慊貨	不用二猜兩猜,一猜就是猜著了。你是王二姐。
趙玉	哼咳！我是王二姐,我還唱摔鏡架哪！你別胡認親家來了。
慊貨	你不是王二姐你別打我呀！我這就是猜著你了,你是王大娘。
趙玉	哼哼,我又王大娘了,熟別假充。
慊貨	你當真我不認得你了？

趙玉	我還唱鍋大缸哪！我告訴你說，謙小子，你也不睜眼看看老娘是幹嘛的。
慊貨	你姓王，你在水定門外大沙子口住，對不對？
趙玉	哼哼，不錯呀！賺小子，你在哪住？
慊貨	咱住街坊，你在南上坡，我在北下崗，俺那開個場子。
趙玉	你那開木廠子？是車廠子，是煤廠子？
慊貨	我開糞廠子。
趙玉	屎蛋，別了我們事。
慊貨	了不了散。（下）
趙玉	馬四，你出來。

（馬思遠上）

馬思遠	賣牛牛貴，賣羊羊貴，賣二角，還得到會。破他幾百羊頭，一百羊腿，跟他打這場官司。大喜，看著櫃，看你來者不善，善者不來，你打聽打聽，哈德門大街，那等樣的武松，都沒在我這掛出賬號的！
趙玉	哼哼，馬四呀，那工夫有武松麼？
馬思遠	那工夫沒武松。你也得配。

（先生勸）

先生	得了，得了，瞧我了，這大正月的為什麼？
馬思遠	頭天開張的買賣，你看這娘們，來者不善，善者不來。頭年臘月二十八日，算了大賬家去。你看他們王龍江，該我陳錢，陳錢不給，新錢，新錢不要，我倒給他香油、白麵、羊肉、油香，還有五弔錢。我想隔教佛教俱是一理，我想誰家沒有妻子老婆孩。
先生	四巴，掏火還要取個吉利，大正月的買賣，頭天開張，我這話都聽出來了，你們倒是好心，你們給他這些東西，打發家去了，依他說沒家去。橫是年青的人，好嫖好耍呀，連給這東西全折賣了，須是輸了，打發他家裏來了，到這塊，拉著我們抽屜。四巴，這們點事，你會不明白，這明擺著是豬八戒……
馬思遠	先生，你說什麼？

先生	他是羊八戒。倒打一把。
馬思遠	虧了你說羊八戒。我說先生，了的了，了不了，有我們事在。（進櫃介）
先生	四掌櫃的，你請回罷，都有我啦，我這給你作揖了。四掌櫃的，你請進去罷，你就走罷。跑堂先生，你跟誰說話啦？
先生	我跟你們掌櫃的說話哪。
跑堂	掌櫃的早就進櫃房啦。
先生	大妹子，大妹子！
（跑堂吆喝）	
跑堂	大妹子熟了。
馬思遠	大喜，那屜蒸的大妹子。
跑堂	先生要的，我們這不是賣大妹子。
先生	喪喪的你身上，我這叫大妹子，你就吆喝，我說大妹子。
趙玉	莫非先生叫我麼？
先生	可不是麼，我說大妹子，你新喜了。
趙玉	先生，你不喜麼？
先生	我不喜修修腳。
趙玉	你這不是耍滑頭麼？
先生	我可不敢，你可恕我少眼沒戶的，大正月別慪氣，這話我也聽明白了。依他說，你們當家的家去了；依你說沒家去。莫非這人往走隘了麼？
趙玉	你們家都往走隘了。
先生	大妹子，你別有氣。你再說什麼，我是東瓜色夫的。大妹子這都不是外人，我王大兄弟在鋪子時候，我常上這喝茶來，咱我們哥倆還要磕頭拜把子哪！
趙玉	這們一說不是外人，如同是我親哥哥一般。先生不不不，叔伯的吧！
趙玉	你又得啦，要滑頭。
先生	我可不敢，你再說什麼，我是揀便宜，你鬧他半碗波羅蜜。
跑堂	（吆喝）波羅蜜熟了！

馬思遠	大喜，你看那厢蒸著波羅蜜啦？
跑堂	先生要的。先生，我們這裡不賣波羅蜜。
先生	喪喪的你身上，我說什麼，你吆喝什麼。大妹子，獨但我了事往公平了斷，不能夠剃頭挑朋友。一頭輕一頭重，不能向火頭熱；鋼刀劈水，水不裂縫，刀不卷刃；刀打豆腐，四面見光。我說大妹子，你給我大兄弟說個時辰，我給他掐算掐算，他是落在哪一方。你想是哪個時辰吧！
趙玉	就算子時吧。
先生	子鼠丑牛，寅虎卯兔，辰龍巳蛇，午馬未羊，申猴酉雞，戌狗亥黑。
趙玉	喲，先生怎麼會亥黑呢？
先生	他這隔教不許說豬。哇哇哇，我還是說出來了。我說我的大妹子細細聽：子鼠丑牛，寅虎卯兔，辰龍巳蛇，午馬未羊，申猴酉雞，戌狗亥黑。卦占六沖，逢沖必散，逢散必亡。啊啦！（吐舌介）
跑堂	（吆喝）燒麥！舌頭餡的！
馬思遠	大喜，你看跑堂的怎麼回事，哪厢蒸著舌頭餡啦？
跑堂	先生那兒吐半天舌頭啦！
馬思遠	他吐舌頭，你就吆喝？
趙玉	先生，怎麼不好了？
先生	我、我的大兄弟，沒有祿馬了。
趙玉	我的天哪！
馬思遠	大喜，你看先生是了事是挑事？來，揪住先生，別讓他走！
先生	四掌櫃的，不要緊。大妹子，你先等等哭，不耐事。這卦我算錯了，還有個馬尾巴呢！大妹子，我大兄弟沒死，我給你出個主意好不好？你為什麼來的我全知道，千里為官，自是為官；千里為財、自是為財。誰不知道大正月的錢緊，神鬼還怕正、二月哪。我到櫃上，和馬四商量商量，給你要倆錢，那不是兩指頭夾一個大來，也是我了事的這麼點人心。大妹子，你想著主意好不好？

趙玉	先生，你跟你大兄弟這樣的交情，我再若是不依從，你說我難買難賣。先生，你瞧怎麼辦怎好。
先生	這不結了，大妹子，你這先等等我，我跟四掌櫃的商量商，我說四掌櫃的。
馬思遠	先生勞駕了，受乏了，你到櫃房坐坐。
先生	我不坐著了，我說四巴，不必慪氣，她是個堂客。大正月買賣頭天開張，你瞧這娘們來者不善，別管怎麼著，多少給她拿兩錢。衝著我，你瞧好不好？這回事就完了。
馬思遠	別管怎麼著，我衝著先生你，咱就給她倆錢。大喜，給她拿一弔錢。

（先生拿錢要打串，跑堂吆喝）

跑堂	先生巴了底子要打串。
先生	這跑堂的。大妹子，你這來別管怎麼著，你可衝著我。我跟馬四那拿了一弔錢，交給你罷，你早早回家去罷。
趙玉	我可事事衝著先生你，你這等等，我到那邊買個折子，交給你，你讓他打上鋪保水印，寫明白點，天天打他鋪子取一弔錢。先生你想好不好，痛快不痛快？
先生	真好，痛快死我了。我說大妹子你這等等我，我回去就給你辦這件事情。小事了大了，大事我了不了。你先把抱金支遞給我，我還有家當呢。我說大妹子，你這等等我，我回去就給你辦這件事情。小事了大了，大事我了不了。你先把抱金支遞給我，我還有家當呢。我說大妹子，你現在這多等等我，我到那邊有點事，我還馬四那兒給你寫折子呢。（下）
趙玉	馬四你出來！這半天你把我拋在這，打算怎麼回事？
馬思遠	你看這個娘們，錢拿去，還不答應，破著買賣不做，跟他打場官司。大喜，叫看街的去。大喜看街的！

（看街的上）

看街的	堆子雖小王法大，吃酒行兇要鎖拿。
	四掌櫃的什麼事？
	看外邊來這個娘們，怎麼說怎麼不走。

看街的	不要緊，
看街的	咱們是幹什麼的。
趙玉	你是幹什麼的？
看街的	我是看街的，你給我趁早走著，我先告訴你，別買貴的。
趙玉	哼哼！就憑你，今日咱們娘們就是事。
看街的	好大膽子！你是走不走？
趙玉	我不走，你敢把太太怎麼樣了？
看街的	你當真不走？
趙玉	不走。
看街的	果然不走？
趙玉	不走。

（看街的打趙玉嘴巴，趙玉跑）

趙玉	你候著我的，通把你們告下來。（下）
馬思遠	大喜，買賣不做啦，等她打官司。

（同下）

《全本殺子報》

（根據 1913 年書肆刊本《殺子報》整理）

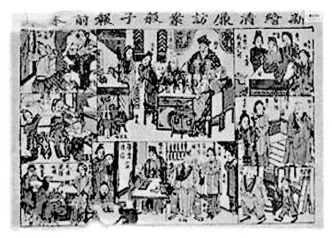

上世紀三十年代民間出版的木版年畫《殺子報》

主要角色

徐氏：旦

阿云：丑

王世成：生

官保：生

金定：旦

先生：生

黃良臣：生

錢氏：老旦

王老好：丑

【第一場】

（徐氏上）

徐氏　　　　我夫病染床。叫人好悲傷。

奴家王徐氏，配夫王世成為妻。只因他討賬回來急，身得重病。看今日天氣清和，金定兒，將你父攙出病房。

（金定攙王世成上）

王世成　　　（唱二黃橀板）自那日討賬回身染重病，

來到了二堂上來見我妻。

徐氏　　　　丈夫。你的病體如何。

王世成　　　（唱）耳邊廂又聽得有人喚響，

莫不是金定女攙我出堂。

徐氏　　　　我夫好好養病才是。

王世成　　　眼見得我的命無有生望。

再叫聲我的妻細聽端詳。

我死後你安分對待兒女，

莫辜負十多年夫妻一場。

夫入吶，為何不見官保兒他在那裡？

徐氏　　　　上學去了。

王世成　　　一剎時神慌惚心血上撞，

徐氏　　　　將你兄弟喚來。快去。

金定　　　　曉得了，一會兒就回。（下）

王世成　　　（唱橀板）叫夫人你要謹記我言。

（金定、官保上）

官保　　　　（唱原板）急急忙忙行得快。

又見爹爹病在廳堂。

爹爹醒來。

王世成　　　（唱原板）又聽得官保兒連聲叫嚷，

三魂醒六魄歸老命還陽。

醒過來囑嬌兒快快成長，

長成人能擔當照看你娘。

徐氏	（哭唱）一見我夫喪了命。
	怎不叫人心痛傷。
	官保過來。你父已死。去到天齊廟。請來僧人超度。快去。
	（徐氏。官保、金定全下）

（官保原場請和尚）

官保	裏面有人麼？
小和尚	什麼事？
官保	我爹爹死了。請你師父前去超度。
小和尚	你先走，我們隨後就到。（官保下）
小和尚	有請師父。

（阿雲上）

阿雲	徒弟什麼事？
小和尚	王世成死了。請師勿前去。
阿雲	徒弟去到關帝廟，城隍廟。請你師兄師弟。快快去。

（全下）

【第二場】

（上男女弔唁人，哭下，阿雲僧眾上）

（徐氏、金定、官保上）

（下串和尚念經）

阿雲	高高神山有一家。
串和尚	家。
阿雲	又賣燒餅又賣茶。
眾	茶。
阿雲	會念經的和尚吃燒餅。
眾	餅。
阿雲	（念經）五湖取海一汪水。
眾	水。
阿雲	兩口子床上五條腿。
眾	腿。

阿雲	四條大腿全不動。
眾	動。
阿雲	一條小腿縱鬧歡。

（眾人念經）

阿雲	一心誦經。上海四馬路小東門、蘇州西門一帶、杭州城站各處的無頭野魂，全來食我的迷魂水呀！

（念完經）

眾白	辛苦辛苦。走了。明天見。

（小和尚全下，留阿雲）

徐氏	官保，對大師父去說，誦經錢，明日煩他親自來領。
官保	大師父，我媽說了，經錢明日給。你親自來領。

（官保。金定全下）

徐氏	大師父明天來。
阿雲	我要走了
徐氏	庫得貓呢！我不送了

（全下）

【第三場】

（眾學生上）

眾學生	官保，官保。走走走咱們上學去 。
官保	走走走！
金定	早去早回。
官保	曉的了。走走走。

（全下）

【第四場】

（阿雲上）

阿雲	酒不醉人人自醉。色不迷人人向迷。
	那日我到王世成家中念經，他老婆與我眉來眼去。我今天前去一來取錢。二來與他勾搭勾搭。如若勾搭成功，也是我祖上的陰功。父母的德行。就此前去，來到了。裏面有人麼？

（金定上）

金定	原來是大師到了。到此何事？
阿雲	小僧阿雲。來取經錢。
金定	等一等。有請母親。大師父來取經錢。

（徐氏上）

徐氏	有請。大師父在那裡？
阿雲	大奶奶在那裡。
徐氏	我當是廟裏以的佛爺哪。請進。
阿雲	東家奶奶請。
徐氏	大師父請。請坐。
阿雲	有坐。
金定	大師父請用茶。
阿雲	請。
徐氏	大師父再用一杯。金定，你後面做飯去罷。
金定	曉得。（下）
徐氏	這裡不便。到我房裏去吧。
阿雲	如此不當，則有一行大罪。

（走圓場進門介）

阿雲	阿彌陀佛。
徐氏	大師父你做什麼取笑，這是我的床帳。請坐。大師父可好？
阿雲	東家奶奶可好。
徐氏	我好。請師父往上坐。
阿雲	往上坐？
徐氏	我問你法名。
阿雲	小僧裴阿雲。
徐氏	問師父今年多大年紀？
阿雲	東家奶奶多大年紀？
徐氏	我今年三十二了。
阿雲	巧了。我也三十二了。

徐氏	師父是幾月生日？
阿雲	東家奶奶幾月生日？
徐氏	我是正月初六生日。
阿雲	哈哈哈。我也是正月初六的生日。
徐氏	師父什麼時辰生。
阿雲	你是什麼時辰生。
徐氏	我是未時。
阿雲	不對了，我是巳時。
徐氏	取笑了。
阿雲	東家奶奶你看我二人，同年同月同日。真真難得（跳介）沒別的。奶奶你救命吧！
徐氏	你這是怎麼了？
阿雲	你也曉得麼。你做做好事罷。
徐氏	你起來。
阿雲	我不起來。
徐氏	你下去罷。王八旦操的。我好心請你進來坐坐。你倒調戲我。什麼東西！
阿雲	我走了。
徐氏	你回來，我與你鬧著玩吶！
阿雲	別鬧了。鬧了我一頭的汗。
徐氏	常言道得好。十個女子九個肯。就怕男子嘴不穩。
阿雲	我對天明誓。
徐氏	明誓上來。
阿雲	是了。（唱西皮二六板）阿雲跪在流平地。 過路神仙聽仔細。 若有三心井二意。 過河掉在船倉裏。

（阿雲摟抱徐氏入帳介，淫聲）

（官保上）

官保	（唱原板）放學歸來回家轉，
	大門未掩是何情？
	將身我把二堂進，
	見了母親問分明。
	（白）母觀在哪裏？啊呀！我媽在帳子裏。怎麼帳子搖動，待我看看是怎麼回事？

（官保打和尚，和尚跑下）

官保	母親醒來！母親醒來！
徐氏	官保，你做什麼來了？
官保	下學回來，看望母親。
徐氏	哦，下學回來了，好。進前來。
官保	母親講說什麼。
徐氏	你過來。過來。好奴才！（掌嘴）
	（唱介）一見奴才心好恨。
	不由惡氣望上升。
	拿了家法將你打。

（金定上）

金定	（接唱）母親不要怒氣生。
	母親。看在兒的面上。饒過兄弟罷。
徐氏	起來。從今以後。不許你進我的房。出去。

（徐氏下）

官保	（哭白）姐姐呀。
金定	不要哭。別管他們的事。記住了。（金定下）
官保	好和尚。為了他。我媽打我。我找他廟裏打他一回。出出我的氣。

（原場找和尚）

| 官保 | 來到了。嗨。有人走出來一個。 |

（阿雲上）

| 阿雲 | 什麼人那？我看看。 |
| 官保 | 打和尚。 |

阿雲	別打，別打。你為什麼打我？
官保	我來問你。方才你上我們那裡做什麼去了？
阿雲	取經錢去的。
官保	取經錢不在外頭，你到我媽房裏做什麼去了？
阿雲	不是我要去的。你媽叫我進去的。
官保	我來問你。明天你還去不去？
阿雲	我再也不去了。
官保	你要再去。我告訴我舅，把你送到當官問罪。殺了你！
阿雲	好了。小爺爺請回罷。
官保	我把你個王八旦操的！

（官保下）

阿雲	我把你個小鬼子操的。真打呀。好。罷了。這件事官保曉 得了，我也不能去了。還是看經念佛便了。

（下）

【第五場】

（賣帶子的王老好上）

王老好	買賣興隆通四海。財源茂盛大發財。 在下王老好。每日賣帶子為生。賣好帶子啦。

（小和尚上）

小和尚	我買帶子。
王老好	你是出家人。你買帶子做什麼？
小和尚	我不要。我師父要。
王老好	這是女人用的東西，你師父買了做什麼？
小和尚	我師父送人。
王老好	嘔！我曉得了。你師父有了邪心了。賣好帶子了！

（全下）

【第六場】

（徐氏上）

| 徐氏 | 滿懷心中事。長掛一片心。 |
| | 我王徐氏。丈夫去世，我與阿雲和尚私下勾情。又被官保看破。這兩天他也不到這裡來。是我放心不下。不免前去問問他去了。 |

（金定上）

徐氏	金定。今天十幾了？
金定	我看看。父親去世已十日了。
徐氏	咱們到廟裏燒香去。走著。
金定	燒香去呀。
徐氏	金定帶路。
	（唱搖板）金定帶路莫遲慢。
	抬頭來到廟門前。

（小和尚上）

| 小和尚 | 請師父。 |

（阿雲上，見徐氏。）

（徐氏、金定、阿雲入坐）

| 徐氏 | 我說你這…… |

（阿雲看金定示意）

徐氏	金定在此做什麼？
金定	侍奉母親。
徐氏	不用。到下邊玩去罷。
金定	我不去。
徐氏	滾出去！臭騷屍的。（金定下）
徐氏	我說你這兩天。為何不上我這裡了。
阿雲	我對你說。那一天。我上你那裡去。又被你兒子看見了。
徐氏	他說什麼？
阿雲	他問我，以後還去不去？我說再也不去了。你兒子又說，你要再去，馬上他就找到廟裏去。把我打了個泰山不下土。還要告訴他舅舅，殺我的頭。把我送到老爺堂上治我的罪。你看這小子利害不利害！

徐氏	哦。這話全是他說的。
阿雲	可不是，是他說的。
徐氏	告便。
阿雲	請便。
徐氏	哎呀且住。好一個官保講出此話，我自有道理。你過來，
阿雲	什麼事？
徐氏	我來問你。你願做長頭夫妻。還做短頭夫妻。
阿雲	何為長頭？什麼是短頭？
徐氏	要是短頭夫妻。你就別到我這裡來了。
阿雲	那可不成。要是長頭。
徐氏	要是長頭夫妻。今晚上三更時候，一刀將官保殺死。

（金定在門外聽話嚇下）

阿雲	哎呀。我們出家人不能害人。
徐氏	你害不害。
阿雲	我害。
徐氏	正是，可恨奴才無來由。
阿雲	母子何必記冤仇。
徐氏	為你殺了親生子，
阿雲	你我夫妻不到頭。
徐氏	噯！你我夫妻到白頭。
阿雲	哎，到白頭到白頭。我走了，明天見。（阿雲下）

（金定上）

徐氏	金定。我來問你，時才我說的話你聽見了沒有。
金定	不曉得。
徐氏	不曉得，你去罷。（徐氏下）
金定	且住。我母親與和尚定下一計。要將兄弟殺死。不免與他送信便了。

（下）

【第七場】

（眾學生、官保同上）

眾學生　　　　失生不在。

眾學生　　　　別回去。在這裡玩。

眾學生　　　　做什麼玩？

眾學生　　　　捫瞎玩。

（眾學生捫介）天子重英豪，文章教兒曹，萬般皆下品。惟有讀書高。

（金定上）

金定　　　　　兄弟。

官保　　　　　姐姐何事？

金定　　　　　母親與和尚定下一計，三更時候要將你殺死。你千萬不要回
　　　　　　　去。

官保　　　　　姐姐。你也不要回去。

金定　　　　　我得回去，你去罷。姐姐走了。（金定下）

（先生上）

先生　　　　　你們大家同家去罷。（眾學生下）
　　　　　　　官保為何不回去。

官保　　　　　先生啊。（唱搖板）先生有所不知情。
　　　　　　　我母今晚殺兒身。

先生　　　　　（接唱）官保說話言不順。
　　　　　　　那有親娘殺親生。

（白）官保回去罷。

官保　　　　　先生你要送我回去。

先生　　　　　待為師送你回去。帶路。
　　　　　　　（唱）官保帶路往前進。
　　　　　　　轉步來到你家門。
　　　　　　　（白）開門來。

（金定上）

金定　　　　　先生到了。何事？

先生　　　　　對你母親去說。就說我到。

金定	有請母親。

（徐氏上）

徐氏	何事？
金定	先生到了。
徐氏	先生在那裡，先生到了。請進。
先生	請。
徐氏	先生請坐。
先生	東家奶奶請坐。
徐氏	先生到此，為了何事？
先生	沒事，想必官保得罪東家奶奶。
徐氏	是有的。
先生	看我的面上，饒過就是。
徐氏	好，看在先生的面上，饒過就是。
先生	謝過你母親。
徐氏	謝過先生。
官保	謝過先生講情。
先生	我要回去了。
徐氏	官保送先生。
官保	送先生。
先生	回去吧。不要送了。
官保	先生回來。先生回來。
先生	講說什麼。
官保	（哭曰）哎呀先生啊！你看我母親面帶殺氣。定有殺兒之心。明日午時。學生如若上學，還則罷了。如若不到學中，定被母親殺死。先生，先生，你要與我報仇雪恨哪！
先生	官保。明日不到學房攻書。定被你母親殺死，為師定與你伸冤雪恨。你、你、你、回去了罷。（先生下）
官保	稟母親。先生去了。
徐氏	先生走了。你二人睡覺去罷。
官保金定	多謝母親。（下）

| 徐氏 | 且住，好個小奴才。為娘打了你幾下。不當去到先生面前瞎說，今日必將你殺死，方出為娘心頭之恨。 |

（下）

【第八場】

（金定、官保上）

官保	（唱二黃倒板）聽譙樓打罷了三更時分。
	叫姐姐莫高聲驚動了恨心娘親。
	轉步兒來至在二堂以上，
	再叫聲祖姐細聽分明。
	今夜母親要殺我，
	你在身邊要講情。

（關門入帳子）

（急急風徐氏上，作勢殺官保）

官保	母親，母親。為了何事要將兒殺死？
徐氏	官保小奴才。為娘打了幾下，你就去到廟中，將那和尚打了一通。將娘置於何地？今日將你殺死，方出心頭之恨。（又作勢殺介）
官保	母親那。將兒殺死不當緊要，日後母親下世。何人與你燒錢化紙，把話說明。這殺也在母親。這、這、這、不、不、不殺也在母親。你、你、你、你就饒了兒罷。
徐氏	小奴才。為娘定要殺死。方出心頭之恨。

（殺死官保介）

金定	（哭）罷了，兄弟呀！
徐氏	不要哭。看他死了無有。
金定	媽。他死了。
徐氏	搭在床上去。
金定	搭不動。
徐氏	我來搭。這裡有一把刀。將你兄弟分為七塊。
金定	媽呀。我下不去手。
徐氏	看我的。

金定	哎呀！兄弟呀！
徐氏	不要哭。把油罈子拿出來。
金定	媽。拿出來了。
徐氏	把他收在罈子裏頭。
金定	收好了。
徐氏	把他搭在床底下。
金定	我搭不動。
徐氏	找來搭。打盆臉水來。
金定	兄、兄、兄弟呀。
徐氏	不許哭。掃掃地。
金定	是。媽掃完了。
徐氏	聽著門。（下）

（阿雲上）

阿雲	為了一件事。長掛一片心。
	今天無事，到王徐氏那裡看看去。來到了。開門來。
金定	何人叫門？我看看去。

（金定見和尚打介）

阿雲	別打了。你媽哪？
金定	在裏頭。
阿雲	我就沒白來了。
金定	請母親。
徐氏	何事？
金定	他來了。
徐氏	他是什麼人？
金定	他、他、他……
徐氏	哦，是你外國爸來了。叫他進來。
金定	嗨！叫你進去。
阿雲	你還生氣哪。
徐氏	你為什麼來了。
阿雲	敢是為官保講情來了。

徐氏	你來遲了。我把他殺了。
阿雲	哎呀。我的媽！
徐氏	怎麼？拉啦。
阿雲	不得了，快快閉門。我回去。
徐氏	你要回去？以後你就在這兒住罷。
阿雲	我在這裡出進。外人看見像什麼樣子？
徐氏	不要緊。走罷。

（全下）

【第九場】

（先生、眾學生上）

先生	為了官保事，日夜掛在心。
眾學生	先生，先生。
先生	你們都來了。
眾學生	來了。
先生	官保那裡去了。
眾學生	不曉得。
先生	今日為師有事，你們回去罷。

（眾學生下）

先生	且住，天到過午，不見官保到學。一定被他母親殺死，不免到他家去看過便了。
	（唱二黃散板）急急忙忙心不定，
	去到他家問分明。
	來此已是。開門來。

（金定上開門看先生哭介）

	先生到此何事。
先生	對你母親去說。我要見他。
金定	請母觀。
徐氏	何事？
金定	先生要見。

徐氏	先生在那裡？
先生	東家奶奶在那裡？
徐氏	先生在那裡？
先生	待我打了進去。
徐氏	先生請坐。
先生	東家奶奶請。
徐氏	先生到此何事！
先生	今天天到這般時候。為何還不見官保上學。
徐氏	官保到他舅父家中拜年去了。
先生	多少路程？
徐氏	有十里路程。
先生	哈哈。東家奶奶你好大的膽子。
徐氏	我怎麼好大膽子。
先生	一路之上，穿州過府，均有了路處。若是尋他不著，那還了得。
徐氏	那裡來的許多的閒話。你出去罷。

（徐氏下）

金定	哎！好不明白的先生。（金定下）
先生	不見官保。定被他母親殺死。待我為他伸冤便了。

【第十場】

（四衙役二班頭引州官黃良臣上）

黃良臣	為官清正。案斷冤情，本州黃良臣，蒙聖上恩典，放我南通州知州。自到任以來。官清民顯。今日放告之期。左右。
二班頭	有。
黃良臣	放告牌掛出。
二班	是。

（先生上）

先生	冤枉。
二班頭	啊！有人伸冤！

黃良臣	帶上來。
二班頭	上堂回話。
先生	參見父母。學生有禮。
黃良臣	你這老頭。上得堂來。身施一禮，你是什麼前程？
先生	身入黌門。
黃良臣	你是個秀才。你有什麼冤枉？
先生	不是我的冤枉。
黃良臣	那一個冤枉？
先生	是我一個學徒冤枉。
黃良臣	你學徒有什麼冤枉？
先生	今有王徐氏。他丈夫一死，是他勾引和尚。將他兒子殺死。不是大大的冤枉麼？請父母做主。
黃良臣	我來問你。王徐氏勾引和尚。你看見了？
先生	無有。
黃良臣	你沒有看見。殺死他兒子，你怎麼曉得？
先生	曉得。一定是他殺害。望父母開大恩細訪明白。
黃良臣	你曉得，兇手在那裡？我看你是誣告！
先生	不敢。
黃良臣	革去他的功名！
先生	哎呀！父母。實在冤枉。
黃良臣	什麼冤枉！如若不說。本州官要重辦。你還不招。
先生	無有什麼招的。
黃良臣	不打兩下，量你不招。來呀！將他重打四十。
先生	冤枉。
二班頭	一十。二十。三十。四十。
黃良臣	說了半天。你姓什麼？叫什麼？
先生	我叫錢正林。
黃良臣	錢正林。暫時將你押在班房。候本州查得明白。再開消與你。來，傳禁子上堂。
班頭	禁子上堂回話。

（禁子上）

禁子	太爺有何分付？
黃良臣	將錢正林押在班房。
禁子	敬稟太爺，班房滿了。
黃良臣	班房滿了，如此押在監中。帶下去！
禁子	走，走，走。
先生	冤枉壞了。（禁子帶先生下）
黃良臣	來呀。退堂。（全下）

【第十一場】

（禁子帶先生土）

先生	（唱搖板）為官保打了我四十大板。
	想這樣冤枉事無處伸冤。
	悲悲切切把監門來進。
	叫一聲禁子哥細聽分明。
	（白）禁哥真真的冤枉啊！
禁子	你少管閒事好不好。
先生	禁子哥呀。請你方便方便。
禁子	什麼方便方便。來一個方便。來兩個方便。我們吃什麼？不能方便。
先生	你想我這大年紀。還活什麼，待我碰死了罷。
禁子	好了。老頭兒，你別死。你在這裡坐坐。我到後頭先吃點東西去。

（禁子下）

（起鼓。官保鬼魂在後臺唱二黃倒板）

官保	聽譙樓打罷了三更時分。
	（轉原板）在陰曹又來了官保鬼魂。
	昏沉沉我且把監門來進。
	又只見老恩師呵睡沉沉。
	我這裡且對恩師來論，
	學徒言來聽分明。

	我母親起了不良之意。
	將學徒殺死一命歸陰。
	將屍首放在了油罈之內，
	老恩師你為我申冤雪恨。
	我本當將恩師三魂驚醒，
先生	抬頭又見官保鬼魂。
	莫不是你的母將你殺定。
	你為何血淋淋站在監門。
	我本當下位去將兒抱定，
官保	（接唱）再叫聲恩師不必怕驚。
	我本與恩師多談多論。
	怕只怕天明亮難回陰城。

（官保下）

先生	（唱二黃搖板）時才間與官保把話來講。
	原來是三更時大夢一場。

（老旦錢氏上）

錢氏	（唱搖板）急急走來往前進。
	又見監門面前存。
	來此已是監門。待我喚來。禁子哥——

（禁子上）

禁子	幹什麼的？
錢氏	探監的。
禁子	探那個？
錢氏	我丈夫錢正林。可在裏面。
禁子	有是有的。不能見。
錢氏	禁子哥。方便方便。
禁子	不能方便。不能方便。
錢氏	好好好。待我碰死監門。
禁子	好了。老太太。你夫妻二人全是一樣。好好，叫你進去。有話快快的說。

錢氏	老老在哪裏。老老啊！
先生	哎呀！媽媽呀！是我今夜三更時候，官保與我託兆。說他母親將他殺死，屍首現在油罈之內。
錢氏	是了。今晚我也得此兆。官保一命歸陰。將屍首收在了油罈之內。
先生	你你你，快去伸冤。
錢氏	這就是了，待我前去伸冤。（錢氏下）
先生	這就好了。哈哈哈。哈哈哈。
禁子	別樂了，下去罷。

（全下）

【第十二場】

（州官黃良臣、班頭、錢氏上）

錢氏	待我擊鼓。
黃良臣	來。將擊鼓人帶上來。
錢氏	與老爺叩頭。
黃良臣	這老婆有什麼冤枉，為何擊動本州堂鼓？
錢氏	不是我的冤枉。
黃良臣	那一個冤枉？
錢氏	是我丈夫錢正林冤枉。
黃良臣	他有何冤枉？
錢氏	今有我家老老與官保伸冤不明。老爺將他押在監中。是我三更時候，官保與我託兆。言說他屍首現在油罈之內，放在床下放存，請老爺戳查明白。也好開放我家老老。
黃良臣	這一老婆你先回去，候本州戳查明白，才開消你丈夫。下去。
錢氏	這就好了。（錢氏下）
黃良臣	班頭，更衣侍候，本州出衙暗訪。小心侍候。

（全下）

【第十三場】

（賣帶子的王老好上）

王老好　　　看見一樁事，長長掛在心。
　　　　　　在下王老好，那日我走在天齊廟，看見王世成的老婆到廟裏頭去了。也不出來了。又聽說王徐氏勾搭了和尚將他兒子官保殺死了。你看看這個事兒，氣死不氣死人。年頭不好少說話，還是做生意去。

（黃良臣上聽話賣帶子說）

黃良臣　　　這一老頭。請過來。

王老好　　　你買什麼。

黃良臣　　　我不買什麼。方才我聽你說什麼？徐氏殺死親兒子。這個事到也新鮮。你再說說我聽聽。

王老好　　　這個事不能說。人命關天。

黃良臣　　　不要緊。我是鄉下人，好聽個新鮮事兒。

王老好　　　那我就說給你。你坐下。我也坐下。

黃良臣　　　請坐，請坐。你老貴姓？

王老好　　　姓王。

黃良臣　　　原來是王掌櫃。

王老好　　　好說，好說。請問這位先生貴姓。

黃良臣　　　姓金。

王老好　　　金先生。

黃良臣　　　好說，好說。做何生理？

王老好　　　我是賣帶子的。

黃良臣　　　大生意。王掌櫃，你們這裡有什麼新聞沒有哇？

王老好　　　有新聞。我說給你聽。

黃良臣　　　請講。

王老好　　　前七八天，我們本地前街上，有一家姓王的。名叫王世成。可他死了。

黃良臣　　　死了怎麼樣？

王老好	他媳婦王徐氏。請來天齊廟和尚。名叫阿雲。到那裡念經去了。不想王徐氏與和尚兩個人。可就弔起膀子來了。又被他兒子官保看見了。官保也不好。把和尚打了幾下。後來和尚還好，也不到王徐氏家裏去了。
黃良臣	後來呢？
王老好	後來王徐氏看和尚老不去。他心裏想者和尚。又到廟裏找他去了。到了廟裏，一問和尚，和尚就將官保打他事情都對王徐氏說了。女的一聽。可就生了氣。二人定了一計。將官保可就殺了。
黃良臣	好利害女子。我來問你。官保死了，就無人與他伸冤？
王老好	有人伸冤。就是秀才先生錢正林。為他學生伸冤，到衙門去告。
黃良臣	告下來沒有？
王老好	我們這裡州官真真是個個狗官王八旦。
黃良臣	說話別罵人，後來怎麼樣了？
王老好	後來，州官也不問明白。將錢正林就收入監中。你看錢正林冤槍不冤枉！
黃良臣	冤枉。我來問你。官保屍首在哪裏收存。你必曉得。
王老好	曉得。在油譚子裏頭。放存床下。
黃良臣	這就是了。現在他家還有何人？
王老好	他家裏有女兒叫金定。我把這話，全說給你了。再也別問了。再問。我也無有說的了，明天再見。

（王老好下。）

黃良臣	唉啊。好一個王徐氏。當真將他兒子殺死。待我到天齊廟訪問訪問。

（黃良臣進廟。阿雲迎出）

阿雲	到客廳代茶。
黃良臣	謝師父。
阿雲	施主請來用茶。
黃良臣	多謝師父。

阿雲	請問施主貴姓。
黃良臣	我姓金。
阿雲	原來是金先生。
黃良臣	好說。請問師父法名。
阿雲	小僧裴阿雲。
黃良臣	哈哈哈哈哈……，你就叫阿雲？
阿雲	金先生，你怎麼樣了？
黃良臣	哈哈。好大的兇險。我要走了。
阿雲	金先生回來。
黃良臣	做什麼？
阿雲	先生你怎麼曉得有兇險。
黃良臣	我會相面。
阿雲	煩先生與我相一相面。
黃良臣	我與你相面也成。你先把你出家至今，做什麼壞事全說出來，我才能與你相面。
阿雲	先生坐下，我說……
黃良臣	那是一定要說的。說出來，我可以給你個解脫辦法。

（官保陰魂上）

阿雲	我對你說什麼……，我們這裡。有一家姓王。名叫王世成的。他死了。我與他媳婦就勾搭上了。又被他兒子王官保看見了。他母親打了他幾下。後來，官保找到廟裏來，又打了我幾下。
黃良臣	你還去不去呀？
阿雲	後來一想，出家人怎能做這個事，我也不去了。
黃良臣	好。不去的好。後來呢？
阿雲	後來王徐氏找到廟裏來。問我為什麼不到他家去。我就一說官保的事，他母親回到家中，便將官保殺死了。

（官保魂當場與州官黃良臣叩頭下）

黃良臣	我來問你，屍首現和哪裏？
阿雲	在油罈子裏。床下收存。我都說明白了，你隨便把我怎麼開消。

黃良臣	好好好！殺害人命你要留神。三天之內。你可有大禍在身。
阿雲	先生你要救我。
黃良臣	我救你。明天正當午時。有二位仙人救你。他叫你走。你就走。
阿雲	曉得了。
黃良臣	天不早了，我要去了。
阿雲	先生還有什麼說？
黃良臣	明天見。（阿雲下）
黃良臣	哈哈。好和尚。當真有此事。待我到王徐氏家中走走。來此已是。開門來。

（金定上）

金定	何人叫門。
黃良臣	我是你舅舅來了。
金定	舅舅來了。待我開門。舅舅請坐。舅舅可好。
黃良臣	我好。
金定	舅母好。
黃良臣	好。你爹爹好。
金定	我爹爹死了。
黃良臣	死了。你母親好。
金定	我母親好。
黃良臣	你兄弟好。
金定	我兄弟……
黃良臣	怎麼樣？
金定	我不敢說。怕我母親打我。
黃良臣	你說，有你舅做主。
金定	兄弟給我媽殺了。
黃良臣	哈哈，殺了！金定。你也不便在家。上舅舅那裡去罷。走走。
金定	不去。我媽回來要說我。
黃良臣	不要緊。走，帶上門。
金定	舅舅。你要替我兄弟報仇罷。

黃良臣	別哭。（帶金定下）

（州衙班頭全上）

黃良臣	來人，拿我火簽。去到王世成家中。將王徐氏並油罈子一同拿來。（一班頭下）
	來人。命你去到天齊廟，將阿雲和尚拿來。（另一班頭下）
黃良臣	退堂。

（全下）

【第十四場】

（二班頭上）

二班頭	來此廟門。
阿雲	想是兩位仙人救我來了。待我開門。
班頭	你可是阿雲和尚。
阿雲	為什麼是帶我。
班頭	你走罷。

（全下）

【第十五場】

（二班頭、徐氏上）

二班頭	來到王徐氏家。開門。開門來。
徐氏	什麼人叫門？
二班頭	你開開罷。
徐氏	你們做什麼的。
二班頭	你可是王徐氏。
徐氏	正是。
二班頭	帶走。
徐氏	為什麼帶我。
二班頭	你自己傲的事。還不知道麼？走罷。

（全下）

【第十六場】

（州官、衙吏全上）

| 黃良臣 | 居官愛民。判斷冤情。 |

（二班頭上）

| 班頭 | 阿雲拿到。 |
| 黃良臣 | 拿上堂來。 |

（二班頭、阿雲上堂）

阿雲	這不是城隍廟嘛？
黃良臣	什麼城隍廟。這是本州衙門。
阿雲	與老爺叩頭。
黃良臣	為何不抬起頭來。
阿雲	有罪不敢抬頭。
黃良臣	恕你無罪。
阿雲	哈哈。你不是金先生嘛？
班頭	胡說。
黃良臣	阿雲。你因何勾引王徐氏。將它兒子殺死。從實招來。
阿雲	你到廟裏去。我已對你說明白了。不必說了。有招。
黃良臣	叫他畫供。
阿雲	件件實事。
黃良臣	帶下去。

（班頭帶阿雲下）

黃良臣	王徐氏可曾帶到？
班頭	帶到了。
黃良臣	帶上堂來。

（班頭帶徐氏上）

徐氏	與老爺叩頭。
黃良臣	這一女子。見了本州。為何不抬起頭來。
徐氏	有罪不敢抬頭。
黃良臣	恕你無罪。
徐氏	謝老爺。

黃良臣	哈哈。好一個淫婦。我來問你。你可是王徐氏？
徐氏	正是。
黃良臣	你丈夫一死。自當守孝才是。為何勾引和尚。將親生兒子殺死。還不招來。
徐氏	老爺你說我將兒子殺死。有什麼見證？
黃良臣	來。將油罈子搭上來。
班頭	油罈到。
黃良臣	當堂對屍。王徐氏你看看。是你兒子不是？
徐氏	不錯。是我兒子。有道是，君叫臣死臣不能不死。父叫子亡子不能不亡。兒子不孝，我殺了親生的兒子，有什麼罪名！請問還有什麼見證？
黃良臣	有。見證來。帶阿雲。

（班頭帶阿雲上）

阿雲	老爺，又帶我什麼事？
黃良臣	堂下有個人，你去看看。
阿雲	哈哈，你也來了。好了，好了，別不認的。我全招了。
徐氏	我把你這王八羔子操的。那麼，我也只得有招。
黃良臣	叫他畫供。
班頭	畫供。
徐氏	親口實招。
黃良臣	帶下去。

（徐氏阿雲帶下）

| 黃良臣 | 待我呈文主司。退堂。 |

（全下）

【第十七場】

（中軍四親兵引撫臺上）

| 撫臺 | 尊王命出都京，一片忠心保大清。本大臣，兵部尚書黃門漢李。率旨親放南京撫臺。到任以來。官清民顯。來。伺候了。 |
| 黃良臣 | 門上哪位在？： |

中軍	何事。
黃良臣	煩大人通稟。小官有呈文奉上。
中軍	小心伺候！
黃良臣	是是是。
中軍	稟大人，今有南通州知州，有呈文到來，當堂開封。
撫臺	來。喚南通州進見。
中軍	南通州進見。小心了。
黃良臣	報南通州告進。卑職參見老大人。
撫臺	來，與州官老爺看坐。
黃良臣	大人在此。那有小官坐位。
撫臺	只管坐下。南通州人犯可曾帶到？
黃良臣	小官帶到。
撫臺	下面伺候，
黃良臣	謝大人。

（黃良臣下）

撫臺	來。拿我名帖。邀請藩、臬二位大人過府一敍。
差役	是。
撫臺	今有南通州一案。候二位大人到。再來審問。

（差役原場回命）

差役	二位大人到。
撫臺	有請。
差役	有請。

（二位大人上，入坐）

撫臺	不知二位大人到此。未曾遠迎。當面有罪。
二大人	豈敢。未曾問候大人金安。大人恕罪。
撫臺	好說。
二大人	相邀我等。為了何來？
撫臺	今有南通州。出了一命案。請二位大人共審。
二大人	盡在大人。
撫臺	來。升堂。

中軍	升堂。
撫臺	來，帶阿雲。

（差役帶阿雲上）

阿雲	參見大人。
撫臺	阿雲，出家人自當省經念佛，為何勾引婦女。是何道理，還不招來。
阿雲	好了。我也不要細說。我全招了。
撫臺	當堂畫供。
阿雲	親口實招，隨你把我怎麼樣。
撫臺	帶下去。

（阿雲下）

撫臺	代王徐氏。

（差役帶王徐氏上）

徐氏	唉。老大人你好。叫我來做什麼？該是勾引和尚？
差役	胡說。
撫臺	你可是王徐氏。
徐氏	正是。
撫臺	你為何將親生兒子殺死？還不招來。
徐氏	我想親娘殺死親兒。
撫臺	哈哈，亮你不招。來打。
徐氏	有招。
撫臺	畫供。帶下去。

（差役帶徐氏下）

撫臺	來。將錢正林帶上來。

（先生帶上）

先生	大人。我是錢正林。
撫臺	這一案是你原告，先前冤枉你了。本府賞你十字披紅。下堂去罷。
先生	多謝大人。這就好了。哈哈哈。

（先生下）

撫臺　　　　請過聖命。

（吹打，黃良臣上）

撫臺　　　　南通州。命你去到法場。監斬人犯。不得有誤。

黃良臣　　　遵命。

（四官兵、四刀斧手、引州官下）

撫臺　　　　二位大人。請到後面一敘。請。

（全下）

【第十八場】

（排子上，金定過場下）

【第十九場】

（四刀斧手縛徐氏過場下）

【第二十場】

（四官兵縛阿雲過場下）

【第二十一場】

（州官黃良臣、四親兵同上）

黃良臣　　　來，將王徐氏、阿雲一同綁了上來。

（四官兵綁徐氏、阿雲上。金定上）

黃良臣　　　母親。那時不聽兒之言語。你後悔遲了。

徐氏　　　　金定呀！兒呀。為娘死後。將屍首好好成殮起來。你你你回
　　　　　　去罷。

（錢氏上）

錢氏　　　　小姑娘隨我去吧。

（老旦攜金定同下）

黃良臣　　　時辰可到？

差役　　　　時辰已到。

黃良臣　　　將他二人正法。

（阿雲五心釘板死介。王徐氏破腹掏心死介）

黃良臣　　　　來，打道回衙。

（同下）

（殺子報完）

《頭本閻瑞生》

（根據 1925 年王大錯編著《戲考》第四十冊整理）

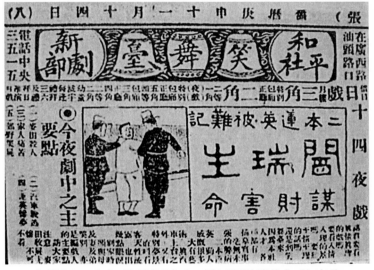

上世紀二十年代競相演出《槍斃閻瑞生》的廣告

《閻瑞生》【頭本】（帶：《驚夢》）

主要角色

閻瑞生：生

王蓮英：花旦

楊石貴：生

王長發：老生

王董氏：彩旦

王玉英：童生

楊起發：生

楊沈氏：旦

現世報：丑

大姐：旦

阿寶姐：旦

阿土：丑

阿媛：花旦

題紅館：花旦

小林黛玉：花旦

菊弟：花旦

惠琴：花旦

冠芳：花旦

【第一場】

（開幕布。窮苦房間景。中間擺一破床，上放鴉片煙盤、煙槍、煙燈全副。上場門擺破椅二把、茶几一把，下場門擺破鍋灶。清場拉幕。王董氏、王玉英同上。）

王董氏	（念）	光陰隨來到，想想真倒灶。

（王董氏坐。）

王玉英	（蘇白）	媽！
王董氏	（白）	阿囡坐下來。
王玉英	（蘇白）	哦！

（王玉英坐。）

王董氏	（白）	我王董氏，蘇州人。我家老頭子王長發，杭州人。所生兩個女兒，長女蓮英，每日學堂攻書；玉英年小。如今只弄得家裏貧困，老頭子一天到晚吃鴉片煙，越想越氣，又沒有生意。今日叫他出來問問他。 阿囡，去叫你爹爹來！

王玉英	（蘇白）	是哉！
		爹爹！
王長發	（內杭白）	噯！
王玉英	（蘇白）	媽叫你。

（王長發上。）

王長發	（杭白）	來哉！什的事情？
王玉英	（蘇白）	媽叫你去！
王長發	（杭白）	哦！
		老太婆什的事情叫我來？
王董氏	（白）	什麼事？你一天到晚，不是吃鴉片煙就是睡，你也轉轉念頭，拿幾個錢來開火倉！
王長發	（杭白）	叫我想一個念頭？我就會吃鴉片煙，我是沒有念頭。
王董氏	（白）	我來問問你，你天天可要吃飯？
王長發	（杭白）	要的。
王董氏	（白）	房錢來了，可要給人家？
王長發	（杭白）	要的。
王董氏	（白）	你的鴉片煙吃不吃？
王長發	（杭白）	那是第一要緊的東西，不吃不能過門。
王董氏	（白）	要吃？你拿錢來我去買。
王長發	（杭白）	好呀好呀！鬧了半天，還要我想念頭。沒有錢，要命拿去！我還有兩口鴉片煙吃了他！

（王長發躺，吃。）

| 王董氏 | （白） | 我看你怎麼好呵！ |

（大姐、阿寶姐、鴇兒同上。）

阿寶姐	（白）	阿金叫門去。
大姐	（白）	曉得哉！
		開門呵！
王董氏	（白）	外頭好像有人叫門，讓我開開門去看看。

（王董氏開門。）

王董氏	（白）	哦哦！我道是啥人，原來是阿寶姐來哉。倷道常遠不來哉！
阿寶姐	（白）	阿姐好呵！
王董氏	（白）	請到裏廂坐。

（王董氏進。）

王董氏	（白）	阿囡，叫阿姨。
王玉英	（蘇白）	阿姨呀！
阿寶姐	（白）	咳！

（阿寶姐看。）

| 阿寶姐 | （白） | 哦，老伯伯吃煙。 |
| 王長發 | （杭白） | 阿寶來了，好的！坐下來坐下來。 |

（王長發、王董氏、阿寶姐同坐。）

王董氏	（白）	阿寶到這裡來，阿有啥事介？
阿寶姐	（白）	我一來到杭州來燒香，二來望望阿姐。
王董氏	（白）	謝謝你！
阿寶姐	（白）	阿姐，現下老伯伯可有事介？
王董氏	（白）	一點點事都沒有，現在弄得困難無法。
阿寶姐	（白）	阿姐，我來半日，沒有看見蓮英哪裏去了？
王董氏	（白）	學堂裏念書去了。
阿寶姐	（白）	哦，念書去了？阿姐可想法子，這房錢月月要用的，這飯也要吃的，老伯伯吃煙就不用買嗎？
王董氏	（白）	阿寶姐，可有什麼事找尋找尋？
阿寶姐	（白）	我有是倒有的，我說出來，就怕阿姐不肯。
王董氏	（白）	不知阿寶姐有什麼話，自管說出來。我與你俱是自己姐妹，何妨呢？

| 阿寶姐 | （白） | 我說的對，你不要笑；我說的不對，也不要惱。我看現在市面上樣樣都貴，想蓮英也長大了，還念書作什麼？一個人總要動動身子，抬抬腿，才有錢進門吃飯。叫蓮英跟我到上海去，我與她做點好衣服，做做生意。也不叫她吃苦，不過陪陪客，吃吃酒，並無以外之事，我保無礙。她的運氣來了，遇見好客人，看得好，就嫁與他，你想想這話對不對？可不知蓮英答應不答應？你思忖思忖！ |
| 王董氏 | （白） | 好，阿寶姐，我倒肯的。等她回來，好好地跟他說。 |

（王蓮英上。）

| 王蓮英 | （念） | 我名叫蓮英，每日念書文。家無隔夜米，怎能度光陰？ |

（王蓮英進門。）

王蓮英	（白）	媽！
王董氏	（白）	阿囡回來了，阿姨來了。
王蓮英	（白）	哦，阿姨呀，你好呵！常遠沒有來了！
阿寶姐	（白）	今天來看看你！
王蓮英	（白）	請坐呀！
王董氏	（白）	坐下來，坐下來說話。

（王董氏坐。）

王蓮英	（白）	阿姨今天來有什麼事情？
阿寶姐	（白）	沒有別的事，一來燒香，二來順便看看你們。
王蓮英	（白）	謝謝阿姨！
阿寶姐	（白）	不要客氣，自家人。今天阿姨有兩聲話要與你商議商議，不知好說不好說？
王蓮英	（白）	阿姨有話請說，何言不好說？

阿寶姐	（白）	不是。我看現在世面上這樣貴，你看你爹爹又沒生意，也沒錢，困難之極。我看你年紀輕輕，不必念書，你跟阿姨到上海去做生意，不知你肯不肯？
王蓮英	（白）	阿姨呀，想我爹爹媽也沒有銅鈿，哪哼好去開店做生意呀？
阿寶姐	（白）	啊咦，不是開店做生意，你呆來！哪，我告訴你。比方這樣說，你跟我去，有人來叫你麼，你就跟他去坐一坐，陪陪客，吃吃酒，唱兩聲，沒有別的以外事，做做清官人，銅鈿就會來到了你身邊，又穿好衣裳。你要看中哪一位，你就嫁把他，好不好？
王蓮英	（白）	哦哦，弄了半日，叫我去當野雞做生意！
阿寶姐	（白）	不是當野雞，堂子裏呀！
王蓮英	（白）	阿姨，你說格啥格？我拿你當我阿姨看待，你不要不懂面子！我蓮英也是好人家出身，你不要錯想子念頭，啊要難聽！

（王蓮英氣，搬凳子坐。）

| 阿寶姐 | （白） | 啊咦，倒說我不懂面子！你不肯答應麼，啊弗要緊格呀，倒要說我錯想子念頭？好呵，算我不好！ |

（阿寶姐搬凳子氣坐。）

| 阿寶姐 | （白） | 啊要氣煞我！ |
| 王董氏 | （白） | 阿囡呀，你哪哼哉？阿姨也是看你爹爹媽困難，你爹爹也沒有生意，你看看吃啥？啊要餓煞！你既然不肯去，我也不管！我走我，去做娘姨，想我自家，越想越難過，呀呀呀！ |

（王董氏哭。）

| 王蓮英 | （白） | 咳！ |

（王蓮英哭。）

| 王蓮英 | （白） | 媽不要難過，女兒去哉！ |

王董氏	（白）	你肯去哉？
王蓮英	（白）	肯去哉！
王董氏	（白）	阿囡，你要早說肯去，也免得媽傷心一泡。你看看阿姨氣得不得了哉！
王蓮英	（白）	哪哼弄呢！
王董氏	（白）	勿要緊！你去笑一笑，賠一個不是好哉？快點去說兩聲好話，拍拍馬屁！
王蓮英	（白）	阿姨！

（阿寶姐氣。）

| 阿寶姐 | （白） | 喔唷，氣煞我哉！ |
| 王蓮英 | （白） | 阿姨是我勿好，不該叫阿姨生氣。我嘴裏說不去，我心裏廂情願去，交關歡喜去。阿姨不要動氣，千不是萬不是，總是我勿好！ |

（王蓮英叫。）

| 王蓮英 | （白） | 阿姨！ |

（阿寶姐不睬。王蓮英叫。）

| 王蓮英 | （白） | 阿姨！ |

（王蓮英、阿寶姐對看。阿寶姐笑。）

阿寶姐	（白）	喔唷阿囡呀，阿姨是假的動氣，啊肯去呢？
王蓮英	（白）	肯去哉！
阿寶姐	（白）	做汽車，吃大菜，穿好衣裳！
王蓮英	（白）	媽我倒肯去，不曉得我家爹爹肯勿肯？
王董氏	（白）	你肯我肯，怕他不肯？

（王董氏兌。）

阿寶姐	（白）	你去問問看。
王蓮英	（白）	我去問問看。
阿寶姐	（白）	好！
王蓮英	（白）	爹爹！

（王長發起床。）

| 王長發 | （杭白） | 咳！阿囡走走來哉，好的。 |

王蓮英	（白）	爹爹，女兒有點事體，搭爹爹麼商議商議，勿曉得爹爹肯不肯？
王長發	（杭白）	甚的事兒與我商議？
王蓮英	（白）	我告訴爹爹聽：現在世面上樣樣貴，看看沒有銅鈿困難，想爹爹吸煙沒有生意，屋裏廂大大小小四口人，吃麼要吃，穿麼要穿，爹爹麼鴉片煙也要吃。媽同阿姨，搭我女兒商議，要想吃飯格法子，我同阿姨到上海堂子裏去做生意，不知爹爹啊肯叫我去？

（王長發罵。）

王長發	（杭白）	我肏死你格娘，黃瓜兒的！你這個老太婆，別的事情好叫女兒去做；這格事情，也好去的？不成功的！
王董氏	（白）	儂勿要罵我，不去麼也勿要緊，我還要問問儂！
王長發	（杭白）	你這個老太婆，還有啥格話兒問我？
王董氏	（白）	到了月頭房鈿啊要？
王長發	（杭白）	要的。
王董氏	（白）	屋裏廂四口人吃飯，米鈿要呵？
王長發	（杭白）	要的。
王董氏	（白）	儂一日到夜，鴉片煙啊要吃？

（王長發呆想。）

王長發	（杭白）	要的！要的！要的！一定要的！
王董氏	（白）	一定要吃，拿來！
王長發	（杭白）	要甚的？
王董氏	（白）	銅鈿呀！
阿寶姐	（白）	快點答應呀！
王長發	（杭白）	好的好的。

| 王董氏 | （白） | 蠟燭，啊是肯哉！ |
| | | 阿寶姐今早住格搭，我做點好格小菜吃，明早一同到上海去。 |

（眾人同下。閉幕。）

【第二場】

（拉開布景外。書房四把椅子、二面茶几。楊起發、楊沈氏、娘姨、僕人同上。）

| 楊起發 | （念） | 兒子不成才， |
| 楊沈氏 | （念） | 終日掛心懷！ |

（楊起發、楊沈氏同坐。楊起發氣。）

楊起發	（白）	咳！
楊沈氏	（白）	老爺，你為什麼這樣的生氣呀？
楊起發	（白）	我氣什麼？我氣你與我養的好兒子！每日什麼都不做，在外吃喝嫖賭，不幹正業，沒事就到店裏拿錢，在外亂七八糟，怎麼不叫我氣？這不是活活的氣死我也！
楊沈氏	（白）	你也不要怪我，把他叫出來，你訓教他呀！
楊起發	（白）	好。他若不聽不改，我就把他推出大門，他沒有我這老子，我也沒有他這一個兒子。
		阿福，去叫大少爺出來。
僕人	（白）	曉得哉。
		大少爺！大少爺！大少爺！
楊起發	（白）	你嚷什麼？
僕人	（白）	我叫大少爺，他不出來，故此我嚷。
楊起發	（白）	他一定又到外面瞎鬧去了，阿福到外面去找。
		氣死我呀！這還了得！
僕人	（白）	我去找去。

（楊石貴上。）

| 楊石貴 | （白） | 爹！ |

（楊起發氣。）

楊起發	（白）	你回來了！你還想回來呀！
楊石貴	（白）	媽！
楊沈氏	（白）	好！好好坐下。
楊起發	（白）	你一天到晚在外瞎胡鬧，店裏也不去照管，我這麼年紀，這算怎麼回事呢？
楊石貴	（白）	俤老人家不必這樣說，我天天在店裏守著，誰說不在店內呢！
楊沈氏	（白）	老頭子你再叫他去。他若再胡鬧，你再責他，你不必生氣。
楊起發	（白）	你又來心疼他，通通是你們婦人壞事！我不管他，你把他管好，我看你的！

（楊起發下。）

| 楊沈氏 | （白） | 兒子，千萬不要這麼瞎鬧，快到店裏去罷！ |

（楊沈氏下。）

| 楊石貴 | （白） | 曉得哉！ |

（楊石貴笑。）

| 楊石貴 | （白） | 我還是去到店裏，拿幾化銅鈿白相去。 |

（楊石貴下。）

【第三場】

（幕外。大姐引阿寶姐同上。）

| 阿寶姐 | （白） | 阿金呀，蓮英還不來，去看看！ |
| 大姐 | （白） | 曉得哉！我去看看。 |

（王董氏引王玉英、王蓮英同上。）

| 王董氏 | （白） | 火車上擠得來，人是真多！哦喇，上海好白相呵！又是汽車，又是馬車，外國房子，電燈阿要亮呵！ |

（王董氏、王玉英、王蓮英同進門。）

大姐	（白）	通通來哉！
王董氏	（白）	阿寶姐！
阿寶姐	（白）	來哉！請坐！

（王董氏、阿寶姐、大姐同坐。）

阿寶姐	（白）	阿囡，阿是上海好白相來！
王蓮英	（白）	好白相來！
王董氏	（白）	到上海來，阿寶姐多多照應！
阿寶姐	（白）	沒有吃飯呀？後頭先去吃飯。有什麼話，吃了飯再說。
王董氏	（白）	蠻好。

（王董氏、王玉英、王蓮英同下。）

阿寶姐	（白）	阿金，去叫阿土來。
大姐	（白）	哦，阿土呵！
阿土	（內白）	來哉！

（阿土上，進門。）

阿土	（白）	阿寶姐！
阿寶姐	（白）	阿金，你去後面陪他們吃飯去。
大姐	（白）	是哉！

（大姐下。）

阿土	（白）	什麼事叫我來？
阿寶姐	（白）	烏師先生，這幾日可曾來？
阿土	（白）	再也不要說起。你到杭州去了，這位烏師教小阿媛一段《朱砂痣》曲子。他今天來，明天不來，一月的錢他拿去了，這一段曲子，也沒學會。
阿寶姐	（白）	今早定規要叫來，讓我來聽聽。

（烏師上，進門。）

| 阿寶姐 | （白） | 先生來哉。
阿土，搬一把靠背。 |

阿土	（白）	哦來哉。

（烏師坐，取胡琴。）

阿寶姐	（白）	阿土去叫小阿媛來。
阿土	（白）	哦，曉得哉。
		小阿媛！

（阿媛上，坐。）

烏師	（白）	《朱砂痣》那一段「借燈光」會了沒有？
阿媛	（白）	唱唱看。

（烏師定調門，拉胡琴二黃慢板。阿媛唱《朱砂痣》）

阿媛	（二黃慢板）	借燈光暗地裏觀看嬌娘，

（過門。）

阿媛	（二黃慢板）	我看她與前妻一樣風光。

（轉二黃原板，過門到。阿媛不唱，忘詞句。）

烏師	（白）	哎呀！

（過門。）

烏師	（白）	哎呀！怎麼？呵忘了！

（烏師提。）

烏師	（二黃原板）	問娘行因何故淚流面上，

（過門。阿媛不唱。）

烏師	（白）	怎麼，唱不出來呀？好了，我也不教了！

（烏師出門。）

阿土	（白）	先生先生！回來！
烏師	（白）	你叫我回來作什麼？你們這幾個錢，還不夠我一雙鞋錢，另請別人！

（烏師下。）

阿土	（白）	天老麻子！

（阿土進門。）

阿土	（白）	阿寶姐，先生去哉，不肯教哉！
阿寶姐	（白）	這是你請來的好先生！

（阿寶姐罵阿媛。）

| 阿寶姐 | （白） | 你格小鬼，怎麼呀，去房裏去罷！ |

（阿媛下。）

| 阿寶姐 | （白） | 再去請個來。 |

（阿寶姐下。）

| 阿土 | （白） | 曉得哉！ |

（阿土下。）

【第四場】

（幕外。眾嫖客引現世報同上。）

現世報	（白）	呵列位，想上海來了一個妓女，她叫什麼蓮心？
眾嫖客	（同白）	不對不對，她叫蓮英！
現世報	（白）	蓮心好吃的，蓮英不好吃的。
眾嫖客	（白）	還是蓮英！
現世報	（白）	不錯不錯，她叫蓮英，生得又好看。我們去吃吃酒，開開心，你們如何？
眾嫖客	（同白）	我們大家是要去的。昨天有個約會，今天是等他來，我們一同前去，好不好？
現世報	（白）	你們的約會，是哪一個？他叫什麼名字？我可認得他呢？
眾嫖客	（同白）	你認得他，他叫楊石貴。
現世報	（白）	我認得他，我二人最要好的。等他來，我們一同去。他與蓮英很好，常常見面，我們等他一等。

（楊石貴上。）

眾嫖客	（同白）	他來了！
現世報	（白）	呵楊兄！
楊石貴	（白）	呵現世兄！你們敢是等我？
眾嫖客	（同白）	正是等你！我們正在這裡提起老兄呵！
楊石貴	（白）	今天通通是我一個人的！
眾嫖客	（同白）	我們也不用客氣！

楊石貴	（白）	請呀請呀！

（眾人同下。）

【第五場】

（拉開布堂子房間。一張圓臺。大姐引阿寶姐同上。）

阿寶姐	（白）	阿金，他們還不來！叫阿土來。
大姐	（白）	阿土呀！
阿土	（內白）	來哉！

（阿土上。）

阿土	（白）	作啥叫我？
阿寶姐	（白）	怎麼他們還不來？
阿土	（白）	不要忙，快來哉！
眾嫖客	（內同白）	來哉！

（相幫上。）

相幫	（白）	諸位老爺來哉！

（眾嫖客、現世報、楊石貴同上。）

阿寶姐	（白）	哦喲！楊大少爺來哉！叫裏廂出來見客。
阿土	（白）	見客呀！

（大姐、老四引題紅館同上。大姐、阿水姐引小林黛玉同上。眾妓女、小阿媛、大姐引王蓮英同上。）

阿土	（白）	楊大少坐下來！
楊石貴	（白）	請坐請坐！

（現世報看王蓮英，跌倒在地。）

現世報	（白）	啊呀！
眾嫖客	（同白）	攙起來。怎麼樣了？

（現世報起。）

現世報	（白）	我一看長得好看，我就暈迷了。這樣一陣，不知道怎麼就會躺在地下。

（眾嫖客同笑。）

眾嫖客	（同白）	吃酒吃酒！
		請呀！
楊石貴	（白）	小林黛玉唱一段什麼好曲子？
小林黛玉	（白）	我不會唱呀！
眾嫖客	（同白）	隨便唱一段。
小林黛玉	（等情郎五更相思曲）	一更裏個相思末等郎子個來，
		呆呆思想手托腮。
		手拿鑰匙來，
		門戶處處開，
		雙根頭格燈草獨剩了個灰，
		今朝勿來勿應該，
		叫奴到底啥人陪？
		二更裏個相思末悶昏了個昏，
		害奴等到半夜深。
		奴也不相信，
		奴也不分明，
		既然勿答奴常常來往麼，
		為啥榻累奴個身，
		害得奴交進驛馬星。
		三更裏個相思末呆曚子個懂，
		賽過撞了大木鐘。
		心裏氣輕鬆，
		眼淚落胸中。
		倷個人行了格種良心末，
		天也不肯來相容，
		奴個天呀怨命窮。
		四更裏個相思末氣極了個了，
		滿身好比火來燒，
		心裏勃勃跳，
		地下小雞叫，
		一干子思量好不又心焦，

翻來覆去天將曉，
叫奴哪哼到明朝？
五更裏個相思未難下了個床，
沒郎姐兒淚汪汪。
乾焦面皮黃，
日逐等新郎，
等殺我新郎緲緲又茫茫，
飯勿想吃茶懶嘗，
不如早早見閻王。

現世報	（白）	勿好死格，閻王勿好見格！
（眾嫖客同笑。）		
眾嫖客	（同白）	唱得好！呵，還有啥人會唱？
楊石貴	（白）	蓮英，唱一個曲子大家聽聽。
王蓮英	（白）	我勿會唱格。
楊石貴	（白）	勿要客氣！隨便唱一段。
王蓮英	（白）	格末我來唱一段跳槽。
楊石貴	（白）	好格！
（眾嫖客同拍掌。）		
眾嫖客	（同白）	好格！好格！
王蓮英	（唱）	目今呀時世大呀大不同，

有了西呀忘下了東。
郎呀情理卻難容，
噯噯喲，
郎呀情理卻不容。
好姐呀好妹吃了什麼兒的醋，
好兄好弟搶了誰的風？
郎呀大量要寬宏，
噯噯喲，
郎呀大量要寬宏。
人無千日好，花無百日紅，
做一日和尚撞一日鐘。

　　　　　　　　　　　　　鐘撞又虛空，

　　　　　　　　　　　　　噯噯喲，

　　　　　　　　　　　　　郎呀鐘撞又虛空。

　　　　　　　　　　　　　自從呀一別到呀到今朝，

　　　　　　　　　　　　　今日裏相逢改變了，

　　　　　　　　　　　　　郎呀另有了貴相好。

（眾嫖客同拍掌。）

眾嫖客	（同白）	好呵！

（阿福上。）

阿福	（白）	格搭呵有楊大少？
相幫	（白）	我搭俫問問看。
		阿寶姐，裏廂洛裏一位是楊大少？有人尋呵。
阿寶姐	（白）	有格。
		呵俫楊大少，有人尋你。
楊石貴	（白）	啥人尋我？看看看。
阿福	（白）	大少爺！
楊石貴	（白）	俫來啥事體？
阿福	（白）	老太爺叫我來尋俫。
楊石貴	（白）	老太爺曉得我拉格搭？
阿福	（白）	老太爺叫我尋俫，我想定規拉里格搭。
楊石貴	（白）	走去勿好說我拉里，你先去。
阿福	（白）	曉得。

（阿福下。）

楊石貴	（白）	大家走好，我去哉。
眾嫖客	（同白）	走去。
相幫	（白）	散客呵！

（王蓮英拉楊石貴。）

王蓮英	（白）	俫幾時來？
楊石貴	（白）	明朝夜裏，十點鐘同興樓。

（楊石貴下。拉幕。眾人同下。）

【第六場】

（布客堂。娘姨、僕人、楊沈氏、楊起發同上。）

楊起發	（白）	石貴回來沒有？
楊沈氏	（白）	沒有，大概在店裏。

（賬房先生拿帳簿上。）

賬房先生	（白）	老太爺！
楊起發	（白）	什麼事情？
賬房先生	（白）	大少爺櫃上取了一百洋鈿。他說老太爺叫他買對象，可有的？
楊起發	（白）	我沒有叫他買什麼斷命的物事。 不好了！不好了！這個奴才，又掉槍花了。 你先去，我叫人找他去了。

（賬房先生下。阿福上。）

阿福	（白）	老太爺！
楊起發	（白）	你尋著大少爺沒有？
阿福	（白）	尋著哉，他在堂子裏呢。
楊起發	（白）	這個奴才，又到堂子去了，他怎麼不跟你回來？你怎麼先回來了呢？
阿福	（白）	他叫我先回來的。他是一主，我是一僕，他說什麼，我只好聽什麼。
楊起發	（白）	這個奴才怎麼得了！

（楊石貴上。）

楊石貴	（白）	爹！

（楊石貴坐。）

楊起發	（白）	你還想回來？你什麼不死在外面？

（楊起發氣。）

楊石貴	（白）	什麼事？我又有什麼錯處呢？
楊起發	（白）	我問阿福，他說你到堂子裏去了。你叫他先回來，這是什麼道理？呵，還說你沒有錯處嗎？

楊石貴	（白）	阿福，你說我到堂子裏去的？
阿福	（白）	不是，我說的是洗澡堂子沐浴去的，沐浴去的，老太爺聽錯哉！
楊石貴	（白）	好呀，洗澡堂子！
楊起發	（白）	我也不管是什麼堂子。
		阿福！
阿福	（白）	老太爺！
楊起發	（白）	我把他交給你。今天起不准他出去；他要出去，我可是問你，你看了他！
阿福	（白）	曉得哉！
楊起發	（白）	我看你怎麼得了！

（楊起發下。楊沈氏、娘姨、僕人同下。楊石貴出門走。阿福拉。）

| 阿福 | （白） | 大少爺走來走來，你走到哪裏去？老太爺將你交把我，倷一走，老太爺問我要倷，我吃不消！ |
| 楊石貴 | （白） | 今朝有朋友請客，不能不去。我去哉！ |

（阿福跟走。）

楊石貴	（白）	咳咳咳，你到哪裏去？
阿福	（白）	倷到哪裏去？
楊石貴	（白）	我有朋友請我。
阿福	（白）	老太爺將你交把我，你走到哪裏，我跟到哪裏。朋友請你，我也好去。
楊石貴	（白）	我們都是上等之人，你這個樣子，怎麼好去？我走了。
阿福	（白）	好，你去！

（楊石貴走。阿福嚷。）

| 阿福 | （白） | 老太爺！ |

（楊石貴跑回。）

| 楊石貴 | （白） | 噯噯噯！你做什麼嚷？你一嚷，老太爺他就聽了，這怎麼好？
有了，我把他幾塊洋錢。 |

（楊石貴取錢。）

| 楊石貴 | （白） | 阿福來！哪哪哪，吃點心！ |

（阿福接。）

| 阿福 | （白） | 勿要勿要！ |

（阿福看。）

阿福	（白）	不成功！不成功！六塊洋錢太少！
楊石貴	（白）	你不要叫老太爺知道，明天再把四塊錢，共十元那哼！
阿福	（白）	一定十元！好，你去罷，包在我身上！
楊石貴	（白）	見錢眼開！

（楊石貴下。阿福看，笑。）

| 阿福 | （白） | 閒話少說，先去打個野雞再說。 |

（阿福下。）

【第七場】

（菜館房間大廳，圓臺一張。眾嫖客、現世報、楊石貴、朱老五、堂倌同上。）

| 朱老五 | （白） | 呀！諸位通通來哉，好好好！ |

（眾嫖客、現世報、楊石貴、朱老五同坐。楊石貴寫叫局票。）

楊石貴	（白）	我叫蓮英。
朱老五	（白）	我叫題紅館。
現世報	（白）	我叫蘭芳裏格爛香蕉。

（堂倌拿票下。）

| 相幫 | （內白） | 來哉！ |

（相幫引眾妓女、題紅館、小林黛玉、王蓮英、眾大姐同上，同坐打派克，同吃酒。）

| 相幫 | （白） | 一品香來叫紅館、黛玉、蓮英呵！ |
| 眾妓女 | （同白） | 哦！ |

| 王蓮英 | （白） | 哪裏會？ |
| 楊石貴 | （白） | 新世界走去哉！ |

（拉幕。眾人同下。）

【第八場】

（幕外。【長錘】。閻瑞生上。）

閻瑞生	（西皮快板）	心中有事似火燒，
		無有洋錢怎開消？
		眼看五月端午到，
		想想起來好心焦。
		不該外面瞎胡調，
		不該把事歇弔了。
	（白）	我，閻瑞生。本是湖州人，從小在上海攻書。只因自家不好，把生意歇弔，在外吃花酒，跑馬車汽車，欠下來多少帳目。眼看看到了五月端午，這便怎麼好呢？有哉！江灣賽馬，我到老四屋裏借幾個銅鈿，去買一張跑馬票。頂好得了，也好還還賬目。就此走走。
	（西皮快板）	急急走來急急行，
		不覺來到堂子門。
	（白）	啊有人呵？

（阿巧姐上。）

阿巧姐	（白）	啥人？
		哦，閻四少爺來哉！
閻瑞生	（白）	老四啊在裏廂？
阿巧姐	（白）	辣裏廂，我去喊。
小姐！		

（題紅館上。）

題紅館	（白）	啥事體？
阿巧姐	（白）	閻四少爺來哉！
題紅館	（白）	哦，閻四少爺。

閻瑞生	（白）	老四！
題紅館	（白）	坐下來。今朝來有啥個事體？
閻瑞生	（白）	沒有什麼事情，來看看你！
題紅館	（白）	謝謝你！
閻瑞生	（白）	不要客氣。我還有一樁事情要與老四說。不曉得老四肯不肯？
題紅館	（白）	你可有什麼事情要與我說？你自管說，「肯不肯」這三個字，說他何用？
閻瑞生	（白）	不是別的事情，也不是要要緊緊的事情。我想問你老四借手上的鑽戒一隻。我有幾個朋友，請我去白相，借你的鑽戒出處風頭，回來再還你。你看好不好？呵，肯不肯呢？
題紅館	（白）	哦哦，雜梗格事體。你麼有幾個朋友，請你去白相。你麼要好看，與我借格只鑽戒，你去出出風頭，幫幫你的當面。你問我阿肯借不肯借，可是這樁事情？
閻瑞生	（白）	噯，對哉對哉！你真聰明，那亨把你才猜著呀！
題紅館	（白）	我來告訴你聽，肯麼我是蠻肯。
閻瑞生	（白）	阿是，我曉得你肯格。
題紅館	（白）	就是一樣！
閻瑞生	（白）	哪一樣呢？
題紅館	（白）	可惜這樣對象，也不是我的。
閻瑞生	（白）	不是你的，怎麼你帶在手上？那麼是誰的呢？
題紅館	（白）	是我媽的，故此不是我不借給你。
閻瑞生	（白）	不是的。我去白相，回來就還你，不會拆你的爛污。你放七十二條心，借給我罷！
題紅館	（白）	那麼，你白相回來就還我！

（題紅館取下戒子，遞。）

| 題紅館 | （白） | 你不好拆爛污的。 |

（題紅館給，閻瑞生接。）

閻瑞生	（白）	你放心好了！
題紅館	（白）	你快回來，我媽回來就要的！
閻瑞生	（白）	曉得哉！

（題紅館、阿巧姐同下。）

| 閻瑞生 | （白） | 待我先去把鑽戒當了再說。 |

（閻瑞生下。）

【第九場】

（拉開布景，新世界。經理、執事同上。吹洋號。眾遊人同上，同買票。眾嫖客同上，同買票，同坐下場門。朱老五、現世報、楊石貴同上，同買票，同坐下場門。眾妓女同上，同買票，同坐上場門。眾大姐引小林黛玉、題紅館同上，同買票，同坐上場門。）

| 經理 | （白） | 開戲呀！ |

（唱戲，隨便添出可也。雙頭人，火流星，雙簧，胡琴、弦子拉戲完。大鼓書唱大鼓調《長阪坡》一段。）

藝人	（唱）	古道荒山互相爭，
		黎民塗炭血飛紅。
		燈照黃沙天地暗，
		塵迷星斗鬼哭聲。
		忠義名標千古重，
		壯哉生死一毛輕。
		長阪坡前滴血汗，
		使壞了將軍那位趙子龍。
		這位劉玄德，投奔江陵藏鋒養銳，
		不提防在當陽路上遇見了追兵。
		這位糜氏夫人懷抱著阿斗，
		身隨秋色，淚灑秋風。
		披劍傷，半夜烏昏厥在荒草地，
		只見那一吸一呼氣力一絲未斷到天明。
		她慢睜杏眼，流螢亂舞，

挺酥胸，才知阿斗在懷中。

這個落葉兒堆滿了渾身，冰冷的露水，

緲茫茫見殘星未散月正斜明。

軟曲曲四肢又無力，夫人坐起，

見寒煙壓地，衰草爭空。

塵埋翠袖香唇冷，

血染弓鞋透襪紅。

伸手向懷中摸了摸公子，

呀！是怎麼紋絲兒不動，閉口兒無聲。

糜夫人她驚慌失色留神看，

卻原來小阿斗他自己哭乏自己睡濃。

這夫人面對著姣兒說你醒來罷，

想公子小手輕舒把眼滿睜。

看著人眉頭兒一皺唇兒一點，

小面兒向那懷中亂拱撞酥胸。

夫人痛道我的心肝醒了，

兒敢是要乳吃麼，你的小肚兒空？

霎時間輕煙薄霧天將曉，

見那樹梢山頂日已紅。

血水溝邊烏鴉亂叫，

死人的堆裏亂箭折弓。

旌旗堆滿地，

見一匹無鞍戰馬亂跳嘶鳴。

（眾遊人、眾嫖客、朱老五、現世報、楊石貴、眾妓女、眾大姐、小林黛玉、題紅館同拍掌。經理搖鈴。）

| 經理 | （白） | 開票！ |

（吹洋號。）

| 經理 | （白） | 第一票，一萬三千五百四十七號菊弟；第二票，三萬四千八百九十一號惠琴；第三票，八千九百零四號冠芳；第四票，零零二百十九號蓮英！ |

（菊弟、惠琴、冠芳、王蓮英同上，同站一排。）

經理	（白）	選舉菊弟花國大總統！

（菊弟躬。）

經理	（白）	慧芳，花國副總統！

（慧芳躬。）

經理	（白）	冠芳，花國副總統！

（冠芳躬。）

經理	（白）	蓮英，花國總理！

（王蓮英躬。眾遊人、眾嫖客、朱老五、現世報、楊石貴、眾妓女、眾大姐、小林黛玉、題紅館同拍掌。經理搖鈴。眾遊人、朱老五、眾妓女、眾大姐、小林黛玉、題紅館、菊弟、惠琴、冠芳、經理同下。）

楊石貴	（白）	蓮英，你選了花國總理，我要與你賀賀喜，道道喜。我請客！
眾嫖客、現世報、王蓮英	（同白）	幾時？什麼地方？
楊石貴	（白）	一品香。明朝好不好？
眾嫖客、現世報、王蓮英	（同白）	好好好，明朝再會，明朝再會！

（眾嫖客、現世報、楊石貴、王蓮英對鞠躬。眾嫖客、現世報同下。）

楊石貴	（白）	我也去哉。
王蓮英	（白）	慢來。你到哪裏去？
楊石貴	（白）	我有朋友約會。
王蓮英	（白）	你不要到朋友那裡去了。
楊石貴	（白）	這是什麼話？我豈肯失信朋友，不能不去。我走了。
王蓮英	（白）	回來回來！你跟我到我家裏去，白相白相好不好？
楊石貴	（白）	跟你到你們家裏白相白相，你可有什麼話？
王蓮英	（白）	我自然有話說。
楊石貴	（白）	你屋裏在什麼地方？

王蓮英	（白）	你跟我來。
楊石貴	（白）	好好好，我跟你去！
王蓮英	（白）	走呀！
楊石貴	（白）	我與你叫黃包車來。

（楊石貴叫車。）

楊石貴	（白）	黃包車！黃包車！

（車夫拉真黃包車上。）

車夫	（白）	來了來了！到什麼地方說呀！
楊石貴	（白）	對了，拉到什麼地方去？
王蓮英	（白）	到福裕里弄堂門口。幾個銅鈿？
車夫	（白）	到福裕里，這麼辦，你把我三塊錢罷。
楊石貴	（白）	這裡新世界拉到福裕里，要三塊大洋錢？我來問你，買一部車要多少錢？你要造反了罷！
車夫	（白）	你坐不坐不要緊，說什麼閒話呢！
楊石貴	（白）	滾你娘的蛋！你的話真不少，你比我兇。
車夫	（白）	你要怎樣呵？
楊石貴	（白）	巡捕捉他行裏去。

（車夫罵。）

車夫	（白）	肏你的媽媽喇！

（車夫拉車跑下。）

楊石貴	（白）	他還罵我！
王蓮英	（白）	好啦，我們走回去。

（楊石貴、王蓮英同下。）

【第十場】

（幕外。扭絲。王玉英、王長發、王董氏同上，王長發、王董氏同生病。）

王長發	（杭白）	噯喲哇！噯喲哇哇！我肚裏難過呵呵！
王董氏	（白）	噯喲哇！噯喲哇！我頭裏疼呵！不好哉！
王長發	（杭白）	蓮英那亨還不走來呀！

王董氏	（白）	不曉得呀！嚶喲哇！疼死了！
（王蓮英引楊石貴同上。）		
楊石貴	（白）	到了無有？
王蓮英	（白）	到哉。我先進去，你等一會。
楊石貴	（白）	好好好！你快點出來。
王蓮英	（白）	我就要出來。
（王蓮英進門。）		
王玉英	（蘇白）	姐姐轉來哉！爹爹媽勿好過哉！
王蓮英	（白）	哎呀！呵，爹爹媽哪亨哉？
王長發	（杭白）	哎呀！我肚裏難過哎呀！
王董氏	（白）	哎呀！我頭裏疼呵！
王蓮英	（白）	不必憂心。
王長發	（杭白）	阿囡呵，你到哪裏去了？
王蓮英	（白）	我呵，我到新世界去的。
王董氏	（白）	新世界有什麼事情？為何這般時候回來？
王蓮英	（白）	今朝新世界開會選舉。
王長發	（杭白）	怎樣的選舉呢？
王蓮英	（白）	選舉我花國總理！
王董氏	（白）	花果酸梨？賣幾個錢一斤？
王蓮英	（白）	聽錯哉！花國總理！
王董氏	（白）	哦！花國總理，不是花果酸梨！這是音同字不同。
王蓮英	（白）	嚶喲！外頭還有個人啦！
王董氏	（白）	叫他進來。
王蓮英	（白）	我忘記哉！
（王蓮英出門。）		
楊石貴	（白）	咦咦！什麼事情！把我弄在門外，她不出來呀！
王蓮英	（白）	楊大少，你看什麼，東瞧西望的？

楊石貴	（白）	你那亨進去勿出來哉，拿我一個人丟在門外，阿要東看西望！
王蓮英	（白）	隨我進來。

（王蓮英、楊石貴同進。）

楊石貴	（白）	這是二位老人家？
王蓮英	（白）	不敢當！是格。
王長發	（杭白）	這是哪一位？
王蓮英	（白）	楊大少叫楊石貴。
王長發	（杭白）	好好好，請坐請坐！
王董氏	（白）	搬一隻凳子，叫人家坐啊！
王蓮英	（白）	哦，楊大少請坐呀！
楊石貴	（白）	自家人不必客氣。

（楊石貴、王蓮英同坐。）

王長發、王董氏	（同白）	我格小女，多蒙楊大少照應！
楊石貴	（白）	小事情不必客氣。

（王長發、王董氏同聽。）

王長發、王董氏	（同白）	咳咳！
楊石貴	（白）	老人家啊是不好過？
王長發、王董氏	（同白）	是格呀！
楊石貴	（白）	不曉得啥個毛病呢？
王長發	（杭白）	我是肚裏難過，吃也不肯吃，撒也勿撒，心裏相跳，哎呀難過啊！
王董氏	（白）	我麼頭腦子疼，賽過有一隻大鐵鍋子扣在頭上，重麼重呀！
楊石貴	（白）	不要緊，這個是過力勞傷，待我去請一位外國醫生來看看，好不好呵？
王長發、王董氏、王蓮英	（同白）	好格呀！
楊石貴	（白）	我去請去。
王蓮英	（白）	到哪裏去請？

楊石貴	（白）	不遠，就在這裡，我去去就來，快得很，不到一刻鐘就轉來格。
王蓮英	（白）	啊有車子銅鈿？
楊石貴	（白）	有有有！我去去就來。

（楊石貴下。）

王長發	（杭白）	阿囡呀，才來的楊大少請醫生去哉？
王蓮英	（白）	就要來。
王長發	（杭白）	我要到後頭去哉。

（眾人同下。）

【第十一場】

（布景外國房子，寶隆醫院。醫生上。）

| 醫生 | （西皮快三眼板） | 自小兒讀書文學好行善，
眼觀著作惡人症病身纏。
勸世人須學好花巷少見，
這都是自找那眼前消遣。
我觀見生疾病將他來勸，
他不改就是他自己遭纖。
將身兒坐至在淨室消閒，
我只得將藥簿查看幾遍。 |

（楊石貴上。）

| 楊石貴 | （白） | 到哉。我來叫個人出來。 |

（楊石貴按電鈴。西崽上。）

| 西崽 | （白） | 什麼人？ |

（楊石貴取片子遞西崽。）

| 西崽 | （白） | 曉得哉。請稍等一刻。 |

（西崽進，將片子遞醫生。）

醫生	（白）	請他進來。
西崽	（白）	請倷進去。
楊石貴	（白）	是哉。
西崽	（白）	隨我來。

醫生	（白）	原來是楊大少。
楊石貴	（白）	張先生！
醫生	（白）	請坐！

（楊石貴、醫生同坐。）

醫生	（白）	楊大少可有什麼事情？
楊石貴	（白）	請你到我家看看毛病。
醫生	（白）	我今朝分不開身，哪亨去呢？
楊石貴	（白）	不到半點鐘的工夫，請先生走一趟好哉？
醫生	（白）	好好好！走一趟好哉，看楊大少面子！
楊石貴	（白）	快點快點！
醫生	（白）	不要忙，我帶對象去。

（醫生取皮包一隻，內放刀子、藥水、容器、筒子一隻。）

| 楊石貴 | （白） | 快點！我與先生提皮包，坐車子去。 |

（楊石貴拉。）

| 楊石貴 | （白） | 快點快點！ |

（楊石貴、醫生同下。）

【第十二場】

（幕開。臥室布景房間。王玉英、王蓮英、王董氏、王長發同在內坐。）

| 王長發 | （杭白） | 阿囡呀，楊大少還不來，我肚裏難過來呀！ |
| 王蓮英 | （白） | 就要來的。 |

（楊石貴拉醫生同上。）

楊石貴	（白）	快點走呀！快點走呀！
醫生	（白）	慢慢，慢慢！你這一拉，豈不拉散了？現湊來不及呀！
楊石貴	（白）	我叫你快點走。
醫生	（白）	到了無有？
楊石貴	（白）	到哉到哉！讓我先進去。

（楊石貴進。）

| 楊石貴 | （白） | 老人家！ |

王長發、王董氏	（同白）	楊大少走來哉！
王蓮英	（白）	先生啊請來？
楊石貴	（白）	請來哉，在門外。我請他進來。

（楊石貴出門。）

楊石貴	（白）	先生隨我進來。
醫生	（白）	曉得。

（楊石貴、醫生同進。）

王長發	（杭白）	外國人來作什麼？可是收房錢的？
楊石貴	（白）	不是不是。
王董氏	（白）	可是要捐錢的？
王蓮英	（白）	不是不是！
王長發	（杭白）	搜大土搜煙灰？我們這裡沒有大土的。
楊石貴	（白）	不是，他是看毛病的外國醫生。
王長發	（杭白）	看毛病？可要開刀的？
楊石貴	（白）	不用，不開刀。外科可以開刀，這內科哪有開刀的？
王長發	（杭白）	不開刀好呵，我怕開刀。叫他來看看。
醫生	（白）	好！

（醫生取氣筒聽病，先聽王長發介，後看王董氏。）

楊石貴	（白）	要緊不要緊呵？
王蓮英	（白）	要緊不要緊呵？
醫生	（滑稽外國白）	北搖進。
王蓮英	（白）	他說的什麼我不懂。
楊石貴	（白）	他說的是外國話，這句「北搖進」，就是「不要緊」的一句話。
王蓮英	（白）	明白哉。
楊石貴	（白）	他這句外國話，連外國人都不曉得說的什麼。我在他們那一國畢過業的，故此我才懂這句話。他們那一國，名叫特別國。

（醫生取藥水，遞楊石貴。）

楊石貴	（白）	先生，但不知他們是什麼毛病呢？
醫生	（白）	這位老人家麼，重傷風帶的勞傷，吃了這藥水，可以好了。這位是血脈不合，帶點寒，火望上，他頭就疼了。我再取一瓶藥水。

（醫生取藥水，遞楊石貴。）

醫生	（白）	我要走了。
楊石貴	（白）	先生走去。
王董氏	（白）	先生要去哉？
		阿囡啊，拿二個銅板，把先生坐車子。
王蓮英	（白）	勿夠，起碼二角。
王董氏	（白）	二角沒有，叫他兩腳踏車走去罷。
楊石貴	（白）	我送你出去。
醫生	（白）	不必客氣！

（醫生走。）

楊石貴	（白）	先生先生走來，你作什麼去？
醫生	（白）	我轉去呀。
楊石貴	（白）	轉去？你方才從北邊過來的，你往南作什麼去？
醫生	（白）	我忘記了，再回去。
楊石貴	（白）	先生走來。他們到底什麼毛病？
醫生	（白）	我也不曉得。

（醫生下。）

楊石貴	（白）	豬頭三拆爛污！

（楊石貴進。）

楊石貴	（白）	二位老人家，拿藥水吃吃看看。

（王長發、王董氏同吃，同吐。）

王長發	（杭白）	不對不對，這藥水怎麼是酸的？
楊石貴	（白）	我來嘗嘗看。

（楊石貴嘗。）

楊石貴	（白）	啊咦！這個不是藥水，這是酸醋呵！

| 王董氏 | （白） | 不對！我這個藥水怎麼是鹹的？ |

| 楊石貴 | （白） | 我再來嘗嘗。 |

（楊石貴嘗。）

| 楊石貴 | （白） | 這個醬油！上了他的當了，我再去請張聾彭。 |

（楊石貴下，拉張聾彭同上，比。）

| 楊石貴 | （白） | 跟我進來！ |

（楊石貴、張聾彭同進。張聾彭看病，開藥方，下。）

| 楊石貴 | （白） | 我去測藥去。 |

（楊石貴下，拿藥包上，遞王蓮英。）

| 楊石貴 | （白） | 我要走去哉。 |

| 王蓮英 | （白） | 你要走去，我明朝在生意上再見。 |

| 楊石貴 | （白） | 好，明朝再會！ |

（楊石貴出門下。）

| 王蓮英 | （白） | 爹爹、媽，到床上困一息息，我來煎藥。 |

| 王長發、王董氏（同白） | 好格呀！ |

（王長發、王董氏同困。）

| 王蓮英 | （白） | 妹妹你也困罷。 |

| 王玉英 | （蘇白） | 我去困哉。 |

（王玉英困。王蓮英煎藥，看王長發，又看王董氏，又看王玉英，籲氣。）

| 王蓮英 | （白） | 咳！想我蓮英，也是好人家出身，如今只弄得家敗一光，分文不進。爹爹也無有生意。多虧阿寶阿姨，出了這一條道路，只好是將就計。我一人倒不要緊，可憐我上有爹娘，下有妹妹，年紀還小，未曾成親。我蓮英吃了這碗飯，也叫無有法子，只好暫時糊口。不想我爹娘，又有病症在身，但願老天保祐，早早將這一般磨難退去，我是滿斗焚香。倘若是有了什麼這三長兩短，叫我蓮英哪亨弄呢！ |

（王蓮英哭，拭淚。）

王蓮英	（白）	咳！我看楊大少人品又好，又有文理，他的人又直爽，倒不如將我的終身大事託付與他。脫離此行，改計從良，倒是一身之大事。可不知道楊大少是何意思？這且不言，但說我的二老爹娘，要怎麼樣，才能脫了此病也！
	（二黃原板）	王蓮英獨站在房中暗想， 思想起這都是世的昭彰。 有天神和地靈暗中查看， 老天爺你那裡放慈悲、保我的爹娘早安康， 那時節我蓮英絕不虛言答謝上蒼。 老天呀！ 我左思右想來無計可想，
	（白）	有了！
	（二黃搖板）	想起了前人言大事一樁。
	（白）	且住！我常聽人言，說到這割股一節。若是不論爹娘有病者，只要親生兒女，割股煎於藥中，爹娘治病就會痊癒。我蓮英倒不如也來割股，煎於藥中。倘若爹娘病體好了，也是我蓮英一片孝心也！

（王蓮英哭。）

王蓮英	（二黃搖板）	歎只歎終身事珠淚滾滾， 好一似萬把刀刺在我心。 我今日狠著心將牙咬定， 願爹娘早把那病體脫身。 我只得用鋼刀將股割定，

（王蓮英割股。）

王蓮英	（二黃搖板）	點點的血珠兒滴在藥中。

（王蓮英裸臂，將藥水倒在茶碗中。）

王蓮英	（白）	爹爹、娘，起來用藥！
王長發	（杭白）	什的事？
王董氏	（白）	阿囡藥煎好哉？

王蓮英	（白）	煎好哉！爹爹先用。
王長發	（杭白）	好，我先吃。

（王長發吃，嘗。）

王長發	（杭白）	咦，這味道不對麼？
王董氏	（白）	我來吃吃看。

（王董氏吃，嘗。）

王董氏	（白）	咦，是介這裡廂味道不對。
		阿囡，這裡廂放介啥？那亨有點血氣味。
王長發	（杭白）	你這裡面放的什麼東西？
王蓮英	（白）	放的藥草，無有放別的。

（王長發看，拉王董氏背供。）

王長發	（杭白）	你來，你看蓮英眼淚汪汪，她一定割了股了！
王董氏	（白）	對了！你看她臂上有絲巾繞著呢！去看看看。

（王蓮英藏臂。）

王長發	（杭白）	阿囡，我看看你膀臂上。
王董氏	（白）	對了，看看什麼東西？
王蓮英	（白）	無有什麼，不要看！
王董氏	（白）	你不聽話了罷！
王長發	（杭白）	看看！你看可是割了股了！我的毛病也好了！
王董氏	（白）	咦咦，我也好了！
王長發	（杭白）	這才是孝心感動了天和地，好哉！
王蓮英	（白）	呵，爹爹媽毛病真好哉！
王長發、		
王董氏	（同白）	真的，這不是假的！
王蓮英	（白）	此乃是老天爺之靈驗！待我謝天謝地，我還要到廟裏燒香還願哩！
王董氏	（白）	明朝我同你一道去！

（拉幕。眾人同下。）

【第十三場】

（幕外。眾遊人同上。）

眾遊人	（同白）	列位呀，今朝大家到什麼地方去白相？

（內隨便答。）

搭架子	（內白）	你說到什麼地方去？
眾遊人	（同白）	無有開心地方可去。
搭架子	（內白）	我們大家坐火車，到江灣去看賽馬，好不好？
眾遊人	（同白）	好！走呵！

（眾遊人同下。）

【第十四場】

（外場。【快長錘】。吳春芳上。）

吳春芳	（白）	咳！
	（西皮快板）	吳春芳生來的時運不通，
		每日裏無飯吃去吃西北風。
		適才間我到了英界紅廟弄，
		觀見了美佳人要想發瘋。
		我借了幾個錢打攤一擊紅，
		我打了二門白虎他開了青龍。
		我越想越可氣越加翁宗，
		我只想做一椿煞氣威風。
	（白）	我吳春芳。只因爺娘死後，孤孤零零。就是我一個人，每日在外胡弔糊口。方才與朋友借了一塊洋鈿，我就去打攤，上去就打了一塊錢的二門白虎。也是我運氣不好，他開了一個青龍。現在江灣賽馬，我去找找朋友，借幾塊洋鈿，買張馬票。碰巧要得了廿萬元，啊要開心。我走呵！

（眾遊人同上。眾嫖客同上。）

眾嫖客	（同白）	朋友，快點去到火車站買票，慢了可趕不上！現世兄到哪裏去了？

（現世報跑上。）

現世報　　　　　（白）　　　　　　慢慢的！

（吳春芳故意將現世報碰倒，現世報倒。）

現世報　　　　　（白）　　　　　　噯喲哇！

（眾嫖客同攙。）

眾嫖客　　　　　（同白）　　　　　怎麼樣了？

現世報　　　　　（蘇州京白）　　　倷這一個人，怎麼樣子？什麼事情？將我碰躺下，你媽那個，排呵！

吳春芳　　　　　（白）　　　　　　嚇那亨罵人呵！倷兕，不要走！

現世報　　　　　（白）　　　　　　你要什麼樣呵？

眾嫖客　　　　　（同白）　　　　　好了好了！

（眾嫖客同拉現世報走。）

現世報　　　　　（白）　　　　　　你們不要拉，看他把我怎麼著呵？

你不要走！

（眾嫖客同拉。）

現世報　　　　　（白）　　　　　　你不要走！我我我……

（現世報滑稽。）

現世報　　　　　（白）　　　　　　我要走了！

（現世報跑下。）

吳春芳　　　　　（白）　　　　　　豬頭三！

（閻瑞生上。）

閻瑞生　　　　　（白）　　　　　　咦，你是吳春芳！

吳春芳　　　　　（白）　　　　　　咦，你是閻大少。你到什麼地方去？

閻瑞生　　　　　（白）　　　　　　現在江灣賽馬，我想去買一張馬票。倘若得著廿萬元，眼看五月端午日到了，也好還清人家的賬目。

吳春芳　　　　　（白）　　　　　　我也是這個主意，只是我還無有找著朋友。我若找著朋友，借了錢，才能去呢！

閻瑞生　　　　　（白）　　　　　　我給你幾塊，省得找朋友，好不好？我二人一道去！

吳春芳	（白）	好，謝謝闇大少！
闇瑞生	（白）	跟我走。

（闇瑞生、吳春生同下。）

【第十五場】

（楊石貴上。）

楊石貴	（白）	今天蓮英在生意上等我，去看看她。不知她爹娘的病好了無有，我先到她家裏去看看。有理！

（楊石貴走小圓場。拉開客堂布景。王長發、王董氏、王玉英、王蓮英同在內坐談話。）

楊石貴	（白）	門開在這裡，常來常往，我自己進去。

（楊石貴進。）

王長發	（杭白）	楊大少來哉！請坐。
王蓮英	（白）	楊大少！
楊石貴	（白）	我曉得你這時在家。我若是到生意上，豈不白走一會？老人家毛病痊癒了？
王長發	（杭白）	好了好了好了！
楊石貴	（白）	我天天掛念。
王董氏	（白）	多謝楊大少！
王蓮英	（白）	媽這裡來。

（王蓮英拉王董氏。）

王董氏	（白）	做什麼？
王蓮英	（白）	我看楊大少人倒蠻好，我有意與他結為夫婦。他還未曾婚配。一人在世，總有到老，光陰能有幾乎？再者爹娘有靠，女兒一輩子之大事，媽媽想，好不好？
王董氏	（白）	不曉得他肯答應是不肯答應呢？我想事倒是好事。

王蓮英	（白）	女兒我先前也曾與楊大少提過了，他肯的。女兒只問媽肯，就成。故此先對媽說明，乃是女兒的之道。贖身洋只要八百餘元，二老豈不有靠？
王董氏	（白）	你麼叫我在當中說合，可是呵，你等等，我去說去。 楊大少請過來！
楊石貴	（白）	老人家做什麼？
王董氏	（白）	我有一句話對楊大少說。
楊石貴	（白）	有什麼話，請講！
王董氏	（白）	我女兒蓮英，今年十九歲哉。吃這碗飯也是無法。當初我們也是好人家出身。到了民國四年，就家敗下來，才吃了這一碗飯。蓮英孝心倒好。我看楊大少還未婚配，我有意將蓮英許把楊大少，不曉得楊大少怎樣？也不要嫌我們，故此對楊大少來說。
楊石貴	（白）	不必客氣。不錯，蓮英與我也曾提過。就是一樣，錢麼一時來不及。等我回來，與我爹娘說明此事，再行禮取錢，我來接你們一家。先前蓮英說過，贖身八百餘元，我預備三千元，也就夠了。此事我答應了，你們每月開銷，我來給你們好了。
王董氏	（白）	多謝楊大少！ 阿囡聽見了罷？
王蓮英	（白）	聽見了。就是這樣辦法。
王長發	（杭白）	你們說話什麼我來聽聽。
王董氏	（白）	我來對你說。我將蓮英配把楊大少，每月開銷算楊大少的。要等他錢便當，才能辦事，這麼一樁事情。
王長發	（杭白）	哦，你把蓮英配把楊大少？
王蓮英	（白）	是的呀！

王長發	（杭白）	每月楊大少給我們開銷？
王董氏	（白）	蠻對！
楊石貴	（白）	開銷我來把。
王長發	（杭白）	好的好的，好的！我的鴉片煙，哪一個管的？
楊石貴	（白）	鴉片煙，也是我買來。
王長發	（杭白）	好的！我要吃雲南大土四川土。
楊石貴	（白）	好好好！明朝帶三四個雲南大土來。
王長發	（杭白）	楊大少，這個白飯不吃不要緊，第一這個黑飯要緊！
王董氏	（白）	嗳呀呀，說出這個話，難為情罷！
楊石貴	（白）	不要緊，自己人。我去哉。

（楊石貴出門。）

王長發	（杭白）	楊大少！楊大少！
楊石貴	（白）	咳咳咳！什麼事？
王長發	（杭白）	雲南大土！
楊石貴	（白）	明朝送來。
王董氏	（白）	好哉，還要說！
楊石貴	（白）	我去哉。

（楊石貴出門，王蓮英出門送。）

王蓮英	（白）	楊大少幾時來？
楊石貴	（白）	明天來。

（楊石貴走。）

王蓮英	（白）	楊大少！

（楊石貴回。）

楊石貴	（白）	什麼事？
王蓮英	（白）	明朝幾點鐘來？
楊石貴	（白）	下午四點鐘。

（楊石貴走，滑稽回。）

楊石貴	（白）	呵呵！

（楊石貴、王蓮英對看。）

楊石貴	（白）	你叫我？
王蓮英	（白）	我無有叫你。
楊石貴	（白）	我聽見好像你叫我！哦，對了，我這腦筋裏有你，我就把你入了我的腦筋。那我走了？

（楊石貴回頭，楊石貴、王蓮英對看。）

| 楊石貴 | （白） | 我去哉！ |

（楊石貴看，碰牆。）

| 楊石貴 | （白） | 嗳喲哇！ |

（楊石貴滑稽。）

| 楊石貴 | （白） | 還好，沒碰疼。 |

（楊石貴下。王蓮英進門。）

| 王蓮英 | （白） | 爹爹、媽，楊大少走去哉。 |
| 王董氏 | （白） | 吃飯去罷。 |

（閉幕。眾人同下。）

【第十六場】

（布景火車站。眾遊人同上，同買票。眾嫖客同上，同買票。眾妓女同上，同買票。眾遊人、眾嫖客、眾妓女同進車站，二收票人、二買票人同上，眾遊人、眾嫖客、眾妓女同上火車。搖旗人、站長、二巡警、現世報、朱老五、閻瑞生、吳春芳同上，現世報、朱老五、閻瑞生、吳春芳同買票，同上火車。拉叫，開車。閉幕。眾人同下。）

【第十七場】

（布景跑馬場。四巡警、眾遊人、眾嫖客、眾妓女、現世報、朱老五、吳春芳、閻瑞生同上。）

現世報、	（同白）	馬來哉！
朱老五、		
吳春芳、		
閻瑞生		

（搖旗人、眾跑馬人同上，同跑介，同下，留跑馬人甲跌下馬，躺地。現世報、朱老五、吳春芳、閻瑞生同拍掌。拉幕。四巡警、眾遊人、眾嫖客、眾妓女、現世報、朱老五同下。

閻瑞生	（白）	阿春呵，不好，馬票沒有中！怎樣沒有指望啦！
吳春芳	（白）	不要緊，先回到上海，再作計較。走呵！

（閻瑞生、吳春芳同下。）

【第十八場】

（布景龍園茶館。眾吃茶人同上。）

眾吃茶人	（同白）	朋友，沒事到龍園吃一碗茶，談談心。

（眾吃茶人同進。）

眾吃茶人	（同白）	堂倌泡碗茶來！

（眾吃茶人同坐。堂倌上。）

堂倌	（白）	來哉！茶啦裏哉！
眾吃茶人	（同白）	茶鈿拿去。
堂倌	（白）	曉得。

（流氓上。）

流氓	（白）	吃茶去！

（流氓進。）

流氓	（白）	堂倌泡茶！
堂倌	（白）	來哉！

（方日珊上。）

方日珊	（白）	今朝沒有事，吃碗茶去！堂倌！

（方日珊進。）

方日珊	（白）	泡茶！

（方日珊坐。）

堂倌	（白）	來哉！
方日珊	（白）	上賬呵！

| 堂倌 | （白） | 曉得。 |

（堂倌下。）

流氓	（白）	日珊哥！
方日珊	（白）	啥事體？
流氓	（白）	這兩天過不去，借兩個銅鈿，派派用場。
方日珊	（白）	儕答我借銅鈿，我還想與你借嚇！
流氓	（白）	這是什麼話！
方日珊	（白）	就是這個話！你怎麼樣呢？
流氓	（白）	你怎麼樣？
方日珊	（白）	你要打麼？
流氓	（白）	打就打！

（方日珊、流氓同打。吳春芳、閻瑞生同上，同勸解。）

| 吳春芳、閻瑞生 | （同白） | 好了，不要打了！ |
| 眾吃茶人 | （同白） | 不好，快點走！ |

（眾吃茶人同下。）

| 流氓 | （白） | 好，我等你！ |

（流氓下。）

吳春芳	（白）	日珊弟！
方日珊	（白）	春芳兄！
吳春芳	（白）	你怎麼與人家打相打，什麼事情？
方日珊	（白）	他問我借銅鈿，我吃飯都沒有，哪有銅鈿借把他？你想可氣不可氣！
吳春芳	（白）	好哉，隨他去。來來來，見過閻大少。這是方日珊。大家見見。
方日珊	（白）	閻大少！
閻瑞生	（白）	方兄！
吳春芳	（白）	有什麼事，找他就成。
閻瑞生	（白）	好，多多幫忙！多多幫忙！
方日珊	（白）	不要客氣，自己人。
吳春芳	（白）	吃飯了罷？

方日珊	（白）	沒有吃。
閻瑞生	（白）	我這裡有錢，拿三塊洋錢用用，吃飯吃點心。
吳春芳	（白）	我有我有。

（方日珊接錢。）

方日珊	（白）	不要不要不要！

（方日珊、閻瑞生、吳春芳同笑。）

方日珊	（白）	明天在哪裏碰頭？
閻瑞生	（白）	你住在什麼地方？
方日珊	（白）	我住馬天坊順興小棧房。
閻瑞生	（白）	明天准定，下午四點鐘見面碰頭，不見不散！
方日珊	（白）	好！我去了。

（方日珊下。）

閻瑞生	（白）	我二人到一品香去。跟我走！

（閻瑞生、吳春芳同走小圓場，同進，同坐。西崽上。）

西崽	（白）	二位點什麼？
閻瑞生	（白）	我看。

（閻瑞生寫菜單。）

閻瑞生	（白）	寫好了。你去派人叫個局來。

（閻瑞生寫叫條。西崽下，引王蓮英同上，同進。）

王蓮英	（白）	閻大少！
閻瑞生	（白）	請坐請坐！

（王蓮英、閻瑞生、吳春芳同坐。）

王蓮英	（白）	你叫我來什麼事情？
閻瑞生	（白）	沒有什麼事，吃吃酒，開開心，我請你大世界去罷。
王蓮英	（白）	不去。這兩天心裏不好過，我要回去。
閻瑞生	（白）	走去啦！

（吳春芳看王蓮英，跌倒在地。）

閻瑞生	（白）	做啥？
王蓮英	（白）	我走去哉！

（王蓮英出門，下。閻瑞生、吳春芳同碰頭。）

閻瑞生	（白）	阿春你什麼？
吳春芳	（白）	我看蓮英手上金剛鑽亮呵，不曉得怎麼頭一暈，跌倒在地。
閻瑞生	（白）	你看蓮英架子不小。我叫她去大世界白相，她說心裏不好過。哪裏是不好過，分明是看不起我！阿春，上她的班！
吳春芳	（白）	上她的班！
閻瑞生	（白）	去尋方日珊，走！

（閻瑞生、吳春芳同下。）

【第十九場】

（幕外。方日珊上。）

方日珊	（白）	這時三點半，他二人好不來！

（吳春芳、閻瑞生同上。）

閻瑞生、吳春芳	（同白）	好呵，看我不起！
方日珊	（白）	好好好，來哉！ 閻大少，什麼事生氣？
閻瑞生	（白）	你不知道！福裕里有個蓮英，我出局票叫她，誰想她看我不起，我要上她的班！
方日珊	（白）	你要上他的班？
吳春芳	（白）	走走走，我三人去搶！
閻瑞生	（白）	慢慢的，我叫你二人！
	（西皮快二六板頂板）	勿要慌，勿要忙， 聽我來把話講。 千萬千萬不要來喧嚷， 聽我來把情由一樁一樁細說端詳： 想人生在這世界之上， 從要把那理來講。 自古道善與惡有報應，

		天理有昭彰。 也是我愛嫖好賭、胡亂白相瞎胡弔， 到如今，我欠下了汽車錢、馬車錢、朋友借款、堂子嫖賬，節到了端陽。 這是我，閻瑞生無錢、無法可想， 故此兒才請了二位幫了我的忙，三人做商量！
方日珊	（西皮快二六板）	你說出這件事兒必須辦個妥當， 還要你自己做事，自己來酌量。
吳春芳	（西皮快二六板）	日珊你說此話真真的有思想， 這件事是要你自己來酌量。
閻瑞生	（西皮快二六板）	非是我怪你們把話來多講， 這時候我自有妙計妥當好主張。
方日珊	（西皮快二六板）	有什麼好妙計快快對我講，
吳春芳	（西皮快二六板）	我們做商量有待又何妨？
閻瑞生	（西皮快二六板）	你二人叫我把話與你們講， 我意欲準備下了一部汽車，騙動了蓮英，兜風去乘涼。 那時節將汽車開到了曠野荒郊，無人看見大家動手把金剛鑽來搶！
吳春芳	（西皮快二六板）	她若喧嚷——
方日珊	（西皮快二六板）	把她性命傷！
吳春芳	（西皮快二六板）	我諒她女流之輩絕對的不敢來響，
閻瑞生	（西皮快二六板）	無計奈何難逃我的手掌！

吳春芳	（西皮快二六板）	此計甚妙甚好亞賽過張子房。
方日珊	（西皮快二六板）	又亞賽三國中孔明諸葛亮， 我二人一同幫忙做個主張。
閻瑞生	（西皮快二六板）	得了蓮英金剛鑽，三人同分你看怎麼樣？
吳春芳	（西皮快二六板）	只要洋鈿，
方日珊	（西皮快二六板）	不怕洋槍，
閻瑞生、 吳春芳、 方日珊	（同西皮快二六板）	轟轟烈烈大家飯店上，

（吳春芳、方日珊同下。）

| 閻瑞生 | （西皮收板） | 有了洋鈿好去還賬！ |

（閻瑞生下。）

【第二十場】

（布景一品香大門。眾嫖客、眾妓女、現世報、朱老五、眾大姐同自門內走出，眾嫖客、眾妓女、現世報、眾大姐同下。閻瑞生上，碰頭。）

閻瑞生	（白）	老五，我正要尋你。
朱老五	（白）	你尋我什麼事情呢？
閻瑞生	（白）	沒有別的事情，我與你借部汽車。
朱老五	（白）	你要借汽車，幹什麼？
閻瑞生	（白）	我有兩個朋友要白相，一道兜風去。
朱老五	（白）	我要用的。
閻瑞生	（白）	我到掌燈之時，在八九點鐘就回來，不會誤了你的大事，你自管放心，我不會拆你的爛污。
朱老五	（白）	你一準八九點鐘回來！

（朱老五取照會。閻瑞生接。）

朱老五	（白）	汽車的照會在此，拿去，千萬早回來。
閻瑞生	（白）	曉得哉！
朱老五	（白）	你自己去叫車夫瑞林開銷他幾個。
閻瑞生	（白）	是了！

（朱老五下。）

| 閻瑞生 | （白） | 好了，大事已成！我去找車夫去。 |

（閻瑞生下。）

【第二十一場】

（幕外。陳瑞林上。）

| 陳瑞林 | （白） | 我陳瑞林，現在朱大少屋裏開汽車。今朝沒有事情，我去白相相再說。 |

（閻瑞生上。）

閻瑞生	（白）	瑞林，回來回來！
陳瑞林	（白）	閻四少爺做啥叫我？
閻瑞生	（白）	我今朝有點小事，有兩個要去兜風。我與你借汽車去兜風，回來就交把你。
陳瑞林	（白）	不成功！不成功！不成功！
閻瑞生	（白）	三個不成功！怎麼不成功呢？
陳瑞林	（白）	你想，你閻四少爺借汽車去兜風，又沒有我們東家的命令，我哪哼糊裏糊塗借給你？閻四少爺，東家知道，我吃罪不起！故此不成功！不成功！三個還是不成功！你自己想想，啊對不對？
閻瑞生	（白）	我對你說，你們東家肯的。他叫我來尋你，你信不信？
陳瑞林	（白）	我不相信！你有什麼憑據，我來看看！
閻瑞生	（白）	你不相信？我自然有憑據！你看，你東家借給我的照會。你看看，這你相信了罷？
陳瑞林	（白）	你為啥不早點拿出來？還是不放心，我細看看！

（陳瑞林接照會。）

陳瑞林	（白）	不錯，是的！拿去！我與你開車去。
閻瑞生	（白）	不用你開車，我要自己來開。
陳瑞林	（白）	你自己開，當心不要碰壞。你若是碰壞了，我可吃罪不起！
閻瑞生	（白）	你自管放心，碰壞了我賠就是！
陳瑞林	（白）	你要什麼辰光轉來？
閻瑞生	（白）	准定九點鐘回來。
陳瑞林	（白）	准定九點鐘，不可遲誤！我在什麼地方等你？
閻瑞生	（白）	還是在此地等我。
陳瑞林	（白）	還是在此碰頭。
閻瑞生	（白）	在此見面，我回來就還你手裏。這有六塊洋錢把你用。
陳瑞林	（白）	閻四少爺銅鈿，我瑞林不敢拿，東家知道，我要吃排頭。
閻瑞生	（白）	你東家說你，有我。你自管拿去用，不要緊。
陳瑞林	（白）	我謝謝閻四少爺！
閻瑞生	（白）	不要謝。
陳瑞林	（白）	閻四少爺跟我開車去。
閻瑞生	（白）	好好好！走！

（閻瑞生、陳瑞林同下。）

【第二十二場】

（幕外。吳春芳、方日珊同上。）

| 吳春芳 | （白） | 閻大少去借汽車，還不回來？ |
| 方日珊 | （白） | 我去看看去。 |

（閻瑞生上。）

| 閻瑞生 | （白） | 哦，方兄！ |
| 方日珊 | （白） | 閻大少轉來哉！ |

吳春芳	（白）	閻大少汽車借著罷？
閻瑞生	（白）	借著了，照會在此！我去將蓮英騙上車去。
吳春芳	（白）	你去騙她上車，我二人在弄堂口等閻大少。
閻瑞生	（白）	好，你二人先去，我就來。
吳春芳、方日珊（同白）		好！走，上她的班！

（吳春芳、方日珊同發狠，同下。）

| 閻瑞生 | （白） | 他二人去哉，我先到小林黛玉那裡，問問她去不去。她若不去，還則罷了；她若是去，我連她一起搶！閒話少說，我去！ |

（閻瑞生走小圓場。）

| 閻瑞生 | （白） | 裏廂有人罷？ |

（阿巧姐上。）

阿巧姐	（白）	啥人？閻四少爺！
閻瑞生	（白）	黛玉呢？叫她來。
阿巧姐	（白）	請坐！我去叫小姐。

（小林黛玉上。）

小林黛玉	（白）	阿巧叫我啥事體？
阿巧姐	（白）	閻大少來哉！
小林黛玉	（白）	哦！閻大少來哉！有啥事體？
閻瑞生	（白）	我要去兜風，你去罷？
小林黛玉	（白）	我不去。
閻瑞生	（白）	你為何不去？看我不起？
小林黛玉	（白）	不是不是！
閻瑞生	（白）	不是？你有別的事？
小林黛玉	（白）	我頭裏疼，啥介叫看你不起介？
閻瑞生	（白）	你頭疼不去。你不去，我叫蓮英去。她在房裏罷？
小林黛玉	（白）	在房裏。
閻瑞生	（白）	我看她去。

（小林黛玉、阿巧姐同下。）

| 閻瑞生 | （白） | 我到蓮英房裏去。 |

（拉開布景大房間。阿寶姐、阿水姐、二大姐同在內坐，王蓮英抱小孩在內坐。閻瑞生進門。）

阿寶姐	（白）	閻四少爺來哉！
閻瑞生	（白）	蓮英呀！
王蓮英	（白）	閻四少啥事體？
閻瑞生	（白）	兜風去罷？
王蓮英	（白）	我頭也沒有梳，還有小哥兒離不開我，改日再去。
閻瑞生	（白）	我汽車也借好哉，去罷！
王蓮英	（白）	不去。
閻瑞生	（白）	去罷！
王蓮英	（白）	不去！
閻瑞生	（白）	真不去？
王蓮英	（白）	不去麼不去，煩來！
閻瑞生	（白）	好好好，看我不起，不給我面子，攤我的臺！攤我的臺！
阿寶姐	（白）	蓮英，你就去罷，免得他說看不起他，又攤了他的臺了。去一息息，就回來好哉？
王蓮英	（白）	格末我去哉！
阿寶姐	（白）	閻大少，蓮英說白相去哉。
閻瑞生	（白）	去哉，不多辰光就回來。
王蓮英	（白）	我去換一件衣裳。

（王蓮英下。）

| 閻瑞生 | （白） | 我去開車去。 |

（閻瑞生下。閉幕。眾人同下。）

【第二十三場】

（布景福裕里弄堂口一部汽車。拉開。閻瑞生坐汽車上，吳春芳、方日珊同坐車上。王蓮英出弄堂上汽車。閻瑞生開車。王蓮英、閻瑞生、吳春芳、方日珊同下。閉幕。）

【第二十四場】

（幕外。鄉下人手提菜籃、油瓶上。）

| 鄉下人 | （念） | 屋裏住在北新涇，人人叫我阿土生。 |
| | （白） | 我，阿木林。屋裏廂來了親眷，我去買點小菜，買點肉，買點醬油、豆油。閒話少說，拿起腳來走。 |

（鄉下人下。）

【第二十五場】

（拉開布景。麥田、鄉下房子、田地、一部汽車。方日珊、吳春芳、閻瑞生同下車，留王蓮英坐車中。）

閻瑞生	（白）	你二人望望看，有人沒有？
方日珊、吳春芳	（同白）	好，我二人望風，你叫下車說話。
閻瑞生	（白）	上她的班！ 咳咳咳，蓮英你下來。
王蓮英	（白）	天不早，好轉去哉？
閻瑞生	（白）	你下來，我有話說。
王蓮英	（白）	有啥轉去再說，轉去哉！

（閻瑞生氣。）

| 閻瑞生 | （白） | 咳，你搭我下來！ |

（王蓮英嚇，下車。）

王蓮英	（白）	叫我下來啥事體？
閻瑞生	（白）	我有兩聲閒話，要搭你商量商量，講張講張。
王蓮英	（白）	閻大少有啥閒話，搭我商量？有啥閒話，搭我講張呢？
閻瑞生	（白）	有兩聲特別個閒話，搭儂講。
王蓮英	（白）	有閒話，轉去再說。
閻瑞生	（白）	為你今朝到了此地，你還想轉去嗎？
王蓮英	（白）	你要啥介？

閻瑞生	（白）	我告訴儂說，這兩日天，有點過勿大去，要搭儂借身上的對象，這只鑽戒，讓我去開銷開銷點賬呵，就是這兩句閒話。
王蓮英	（白）	哦哦，說了半日子，你要我這只戒子。這是我租來的，不好借把你，又不是我個，儂跟我轉去拿。
閻瑞生	（白）	慢慢！是儂個把我；不是儂個也要把我。你要勿把，不成功！

（王蓮英跑，哭。）

| 王蓮英 | （白） | 哎呀！我的閻大少！想我上有爺娘，下有妹妹，小囝無人照應。儂今朝放我轉去，要啥有啥；儂要我，我也肯跟儂。好阿哥呵，我格親阿哥呵呵呵！ |

（王蓮英哭。）

| 王蓮英 | （白） | 儂饒了我罷！ |

（王蓮英哭。）

| 閻瑞生 | （白） | 我告訴你聽！今朝這樁事，也怪儂，也怪我。怪我啥？怪我眼睛太黑；怪儂啥？怪儂金剛鑽太亮。儂今朝還想活嗎？ |

（吳春芳、方日珊、閻瑞生同害死王蓮英。吳春芳、方日珊、閻瑞生同抬走放草地，同搶下對象。鄉下人上。）

| 鄉下人 | （白） | 通通買好，轉去。 |
| 閻瑞生 | （白） | 你住哪裏，我送你回去。 |

（閻瑞生拉鄉下人上汽車。）

| 鄉下人 | （白） | 我勿去！我勿去！ |

（閻瑞生開車下，上。）

| 閻瑞生 | （白） | 好了罷，到無人之地去分。 |
| 吳春芳、 方日珊 | （同白） | 走走走！ |

（閉幕。眾人同下。）

【第二十六場】

（幕外，陳瑞林上。）

| 陳瑞林 | （白） | 閻四少爺還不見走來，我去尋呀！ |

（陳瑞林下。）

【第二十七場】

（拉開布景。房間一張床。王玉英、王長發同坐，王董氏抱小孩。）

| 王長發 | （杭白） | 蓮英還不回來，你我安歇罷。 |

（王長發躺床上。王董氏、王玉英同坐椅困。【起三更鼓】。扭絲。王蓮英上。）

王蓮英	（二黃搖板）	在麥田遇不良把命來喪， 可憐我少年女命喪無常。 我這裡遇賢妹把話來講，
王玉英	（白）	哎呀！
	（二黃搖板）	見姐姐因何故這樣的悲傷？ 天一晚你就該轉回家鄉， 為什麼披頭散髮所為哪樁？ 望姐姐把冤枉的事對小妹言講，
王蓮英	（二黃原板）	尊賢妹休貪睡細聽端詳： 皆因是閻瑞生害我命喪，
王玉英	（回龍）	因甚事要害你命赴汪洋？
	（二黃原板）	你把那冤枉事對我言講， 一樁樁、一件件、樁樁件件對小妹細說端詳。
王蓮英	（二黃原板）	勾引了吳春芳、方日珊他三人起下不良， 搶去對象見財起黑心，他將我用麻繩勒死在麥田，可憐我命喪無常。
王玉英	（二黃原板）	聽她言不由人珠淚雙拋， 好一似萬把刀刺在胸懷。 最可歎你死在麥田之內， 高堂上哭壞了二老爹娘。 忍不住傷心淚難把話講，

（小過門。王玉英比。王蓮英下。王玉英醒。王長發醒。）

王長發　　　　（杭白）　　不好了！

（王董氏、王玉英同醒。）

王董氏、　　　（同白）　　什麼事？
王玉英

王長發　　　　（杭白）　　蓮英來了！

（閉幕。眾人同下。）

（完）

《全本槍斃小老媽》

（根據民國初年市井刊行的小唱本整理）

上世紀二十年代哈爾濱成文厚書局出版的唱本《槍斃老媽》

主要角色

老媽：旦

柱子：丑

關大爺：生
王萬昌：生
縣長：生
署長：生
陳劉氏：旦

【第一場】

（上傻柱子）

柱子　　　　好漢無好妻。賴漢娶花枝。

我名傻柱子。爹娘早下世。我有一個媳婦。在北京當老媽去
咧。去了四年半啦。正好過年咧。不免上北京接我媳婦。說
走就走。

（唱）傻柱子一陣好歡喜。上北京城接我的媳婦。

慌忙拉過來小毛驢。小毛驢無緣無故蹺蹶子。

且把毛驢背上鞍子。拿過來霞光萬道，瑞氣千條的錢搭子。

將錢搭子背任毛驢身上。回身帶上兩扇門。

叫一聲二叔二大爺我的孫子。

我上北京去把我的媳婦接。我的門戶還煩您老給我照料。

小毛驢拉出了莊子外。就著高崗上了驢呀。

催驢出了三河縣。下坡過河走過去。

過了通州城一座。八里橋上喂喂我的驢。

過了三間房又把定福莊奔。那九宮十八峪且不題。

出通州走了四十里石頭大道。只見齊火門的城門樓子。

說話之間來到了。城門以外下了毛驢。

北京城裏熱鬧的很。見天每日是大集。

那一年送我的媳婦來了一趟。關大爺的門口就在這裡。

門口掛著金字牌匾。門旁兩塊上馬石。

有心進前把門叩。貓吵狗叫人家不依。

出來人給我媳婦捎個信兒去呀，

傻小子我在門外頭等呀。

（上老媽）

老媽　　　　（唱）再把我小老媽提上一提呀。

小老媽在上房撣掃塵土，東屋裏轉到了西屋裏呀，

噯了我就套間屋裏呀。

想起了我們大爺呀沒在府下呀，

我何不到門外去買東西呀。

我今天不把別的東西買呀，

去買那蘋果香蕉贊莫塔的煙捲大肚鴨梨，

噯了我說彎彎曲曲呀。

款動了金蓮往外就走哇，

大門不遠眼頭裏呀。磕膝蓋頂住了門閂帶呀，

十指尖尖又把這個插拐提，

我用手開放了門兒一扇哪。上馬石上它拴著一匹驢，

噯了我說哪是誰的？

柱子　　　　（白）那是我的。

老媽　　　　（唱）臺階以下用目觀看哪，

在那旁蹲著一個黑不溜球什麼東西呀。

我看罷多時認得了咧，原來是京東的傻柱子，

咳，奴家我的小女婿呀。

我夫妻四年半未曾見面咧，打量著小王八羔子並不認得呀。

我何不在他的面前走上兩走哇，試一試他著急不著急呀，

且不言小老媽又把風流兒賣呀。

柱子　　　　（唱）傻柱子這裏正然發楞，雙手摸了一個大肚盃子。

忽聽大門吱知一聲響。擦擦一雙綠豆子眼。

從裏邊出來一個花不楞登什麼東西。

我仔細觀看好面善。抬眼一見怎不認的。

呀。看把多時我認也認的了。不是闊大奶奶就是小點的。

闊大奶奶有點不好見。身上衣服要整齊。

走上前來施了一個外國禮。趴下叩頭起來再作揖。

我家住在了三河縣。我的名字叫傻柱子。

我的媳婦婦這裏把活做。接他回家過年去。

老媽	（白）我們這裡老媽太多，張媽、王媽、劉媽，你媳婦叫什麼名字？
柱子	（白）有名。
	（唱）我媳婦名字叫美不夠。有個外號萬人迷。
	這件事情託靠與你。與我的媳婦送個信去。
	他若問你是那一個。你就說三河縣的傻柱子。
老媽	（唱）小老媽聞聽抿著嘴的笑。叫一聲三河縣的傻柱子，
	你當我是那一個來到此。
	你來看，你是我的丈夫我是你的妻。
柱子	（唱）柱子聞聽樂的歡跳。你是我媳婦我怎麼不認的。
	比不了京東三河縣。小臉兒吃了個又白又胖。
	小金蓮包的又尖又瘦。穿一雙坤鞋還是九六的。
	你是我的媳婦跟著我走。跟我家裏過年去。
	再過三天就祭皂。今天本是臘月二十一。
老媽	（唱）小老媽說是我去也去不了。闊大爺留著我有活計。
	旁的生活不叫我們做。黑夜白日叫我奶孩子。
柱子	（唱）柱子聞聽不樂意。罵一聲王八老婆不是好東西。
	四年半未見面你那來的奶。想是我傻柱子當了大甲魚。
	這個丟人的活計咱不做。跟我回家過年去。
	你要回家還罷了。你要不走我就碰死。
	說著我望你身上碰。
老媽	老媽上前拉了衣。
	（白）你怎不碰啊。
	我們不能跟著你挨餓去。
柱子	哦！你當咱家還是那個樣是咧。
	小日子都叫我調理起來咧！
老媽	怎麼發財咧。
柱子	我們做買賣咧。
老媽	做什麼買賣？
柱子	你猜猜吧。
老媽	燒鍋。

柱子	不是。
老媽	當鋪。
柱子	不是。
老媽	錢莊。
柱子	不是。
老媽	銀行。
柱子	不是。
老媽	猜不著咧。
柱子	實不相瞞。我賣鞭韝草咧。
老媽	賣那個能掙多少錢。
柱子	買賣小掙錢可多。
老媽	掙錢多少。
柱子	你猜一猜。
老媽	掙兩三元。
柱子	多。
老媽	五六元。
柱子	多。
老媽	十元八元。
柱子	多。
老媽	二三十元。
柱子	多。
老媽	四十五十。
柱子	多咧！
老媽	一百二百。
柱子	多。
老媽	千千萬萬的。
柱子	多。
老媽	再多我猜不著咧。
柱子	實不相瞞，你猜多喇。差二十七個銅子不夠一角。走吧！媳婦！

老媽	等著我算帳去。
柱子	快去快來。（下）

【第二場】

老媽	（唱）叫一聲當家的你在門外等。一到上房算算賬去呀。
	小老媽就往上房奔。
（上大爺）	
大爺	（唱）再把闊大爺提上一提。皇城裏面前去赴宴。
	會客已畢轉回府裏。是怎麼一陣一陣頭發暈咧。
	俄正在床上睡著了覺。
老媽	（唱）小老媽算賬來的急。邁步就把客廳進。
	瞧見我們大爺睡覺呢。叫一聲大爺你醒醒吧。
	小奴家今日有話對著你老提。
大爺	（唱）闊大爺正睡回龍的覺。忽聽耳旁有人把話提。
	急忙睜開綠豆眼。原來是小老媽一旁站著。
	叫聲老媽與我打一盆洗臉水。然後拿過來漱口盂子。
	回手再把大煙燈點上。吸口大煙再把點心吃。
老媽	（白）怎麼？大爺要吸大煙嗎。
大爺	正是。
老媽	大爺呀無有大煙啦。
大爺	昨日我買的五兩土呢。
老媽	全叫大奶奶吸完了。
大爺	老媽與我想個法子。
老媽	我無法子。
大爺	你與我扣扣海底。
老媽	（唱）叫聲大爺少擺點譜。小奴家有語要對著你老提。
	三河縣來人把我找。接奴本是我們當家的。
	叫聲大爺與我們算算賬。該多該少找給我們回家去。
大爺	老媽莫非說你要辭活不做咧。
老媽	正是。

大爺	（唱）辭活不做你等過了年再走罷。許多的好處對你提。
	正月初一把年拜。給你掏出來又多又長的銅子押歲的。
	正月十五坐著馬車又把燈逛。回家來請你把元宵吃。
	我勸老媽過了年再走吧。要你自己拿一個準主意。
老媽	聞聽大爺講了一遍。自己低頭暗神思。
	依著小奴我也是不樂意走。最可歎我們傻當家的在門外要碰死。
	倘若我們當家的一身死。小奴家年紀小依靠誰去。
	長言說露水夫妻不能常久，若長久還是我們恩愛夫妻。
	一聲大爺快給我算賬。
大爺	（白）你是一定要走。
老媽	正是。
大爺	（唱）你要回家我要揭短。四年半的光景對你提。
	自從進了大爺我的府。宗宗件件高看你。
	吸大煙讓你先過癮。樣樣點心你揀著樣吃。
	關大奶奶為你長吃醋。他若出言我就打他三個嘴吧子。
	想想大爺待你那點錯。動不動你就要皮氣。
老媽	（唱）低下頭來無有主意。大爺他難捨又是難離。
	我說了個不走的話。我們傻當家的要碰死。
	倘若我們當家的一身死。人命關天大有關係。
	尊聲大爺快與我們算賬。無話言來無話提。
	三聲不與我們把賬算。小老媽這裏就要急。
大爺	（唱）再三留也留不住呀。我只得上房與你算賬去。
	大爺便在頭前走。小老媽後邊緊跟著。
	邁步就把上房進。回身就把門兒關起。
老媽	（白）大爺為何關門。外人看著什麼樣子。
大爺	（白）老媽吃關門的虧咧。
	（唱）叫聲老媽你糊塗還發狠。無有人與你一隻算盤子。
	伸手拿過小賬本。回身拿起算盤子。
	右找左找無有錢找。原來是光緒元年破皇曆。
	一個賬本拿在手。從上而下看仔細。

	來的本是那年六月二十四。今年本是臘月二十一，
	不多不少四年半。從頭至尾看仔細。
	上打二一添作六。後打四九六十一。
	打著打著歸了本位。淨剩錢六弔七百一。
老媽	（白）大爺我們幾年咧。
大爺	四年半。
老媽	我們每年掙多少錢。
大爺	一年一百弔。
老媽	四年半呢。
大爺	四百半十弔。
老媽	四百五十弔。我家來人取來著嗎。
大爺	無有。
老媽	卻道來。無人取為何剩這麼點錢呢。
大爺	你混丈可惡。自從你進大爺的府。穿的什麼？戴的什麼？現下你穿的什麼？搭的什麼？
老媽	你老老好好算算都是什麼東西。
大爺	你聽著。單說你的頭上三件。
老媽	什麼呀？
大爺	三件首飾。一六八七五。六十六弔二百五。
老媽	大爺這個能值那些個錢。
大爺	我在上海買的還搭路費在內。就說這身緞子繡花襖。九十五弔五。你算吧。你下邊還有一身中衣。
老媽	大爺，什麼叫作中衣。
大爺	就是這條褲子。打上八九一十一一。八十弔二。你穿的隻雙鞋。二二下加六。六十六弔六。與你大奶奶逛燈去出錢二弔。還有那天買一盒孔雀煙捲。一盒你吸了半盒。你算算四百五十弔。除去四百四十三弔二百九。下剩六弔七十一一文。找與你快走。我有錢那裏雇不出人來。
老媽	大爺我再作幾天吧。
大爺	一天也不行，快走。

老媽	大眾都瞧。我們來了四年半。才剩這幾個錢。有知道的。我們花了。不知道的。該說我們倒貼小白臉了。我也不活著咧。我的天呀。（哭）
大爺	老媽別哭。你有話只管說。
老媽	大爺。（哭）
大爺	（唱）叫聲老媽不必悲痛。背著你們大奶奶多拿銀子。 這一錠銀子足有六斤半。足夠你們小兩口子過半輩子。 我把銀子遞過去。
老媽	小老媽請安就要告辭。
大爺	（白）老媽只算何意。
老媽	我這四年半我要走咧。辭別辭別你老。
大爺	唉！老媽。原關大爺是闊大爺。現下成了窮大爺啦。我與你叩一個頭，咱們兩拉倒。
老媽	（唱）辭別關大爺往外行走。
大爺	（唱）拋下大爺好像一個沒娘的孩子。
老媽	（唱）老媽回頭才是好喪氣。大爺你哭哭啼啼那是怎的。 但等過了年再提新的。大爺你難離我，我也難捨你。 四年半的光景我怎能把你離。
大爺	（唱）叫一聲小老媽別與我上洋勁。再要灌迷湯大爺吃不的。
老媽	辭別大爺揚長而去。
大爺	（唱）大爺回轉上房去。
（下）	

【第三場】

老媽	（唱）老媽算賬來的急。叫聲當家的快接褡套。 褡套已裏有銀子。忙把褡套遞過去。
柱子	（唱）忙把褡套接在手裏。
老媽	當家的備驢。（柱子備驢） （唱）老媽翻身把驢上。
柱子	柱子後邊催著驢。夫妻二人陽關路途走。 說說笑笑耍玩皮。

老媽	（唱）路途以上有人盤問你。就說外甥送他的二姨。
柱子	（唱）柱子聞聽不像話。王八老婆找便宜。
	路上若有人盤你問我。就說他親爹王八旦接閨女。
老媽	夫妻二人開玩笑。
柱子	煞時來在三河縣裏。
老媽	大門以外把驢下。
柱子	柱子急忙拴上驢。
老媽	邁步就把上房進。

【第四場】

（眾鄰與柱子伯父王萬昌。伯母李氏上）

柱子	來了街坊眾鄰居。
老媽	隔壁鄰居都安好。
眾鄰	（唱）眾鄰居叫了一聲大嫂子。
	人人都說北京景致好。過了年我們也去看看去。
	什麼景致對著我們提一提。
老媽	無有好臉子去不的。
	老媽回家要開謗。願眾位叫眾落坐貴耳聽知。
柱子	（白）到家咧。前是小老媽回家。這回叫老媽開謗。有大不說小。往大的說。
老媽	（唱）北京城也倒不離，城門樓子倒有八九十。
	那方圓佔了足夠八百多里地（太平年）。
	城門樓子以上按著寶石。
	我們大爺是一個宗室，他跟那個皇上是一個當家子，
	管著我們大爺就叫小把弟（太平年）。
	我們大爺好宅子，穿廊畫棟可把人繞迷。
	空搭著天棚他老不辦一個事（太平年）。
	為的是防著皇上老子來串門。
	怕常來常往他們有點兒離隙。
	我們老爺好擺式。珍珠瑪瑙大盤子。

有一架座鐘常打六七百下。裏頭住著一個打鐘的。
我們大爺後圈子。月牙河緊對著養魚池。
真山真水真有一個趣。還有九棚九槳火輪船兩隻。
我們大爺好養金魚。最小的個兒牙賽金驢。
蝦米足有蟒牛還大。一道天河兩道須。
要看得去順治門西。小小的毛驢是個綠的。
頭尾足有六七百里地。八條火腿六個大鼻子。
老媽嗙得各位笑喜喜。這個只把美入大嫂子叫。
那個也把美大嫂子提。你說北京城的景致好。
過了年我們也看看去。老媽擺手說去不了。
無有好臉子去不的。三舌訴不盡老媽開完了嗙。
願列位富貴榮華吉慶有餘。
那一天皇上請他老爺子去宮裏說說話。
我們大爺帶著跟班去，人馬三齊他有一個樣子。
五六百跟班的頂馬還嫌少（太平年）。
六十四個人搭著一個花轎子。
皇宮內院它是那蓋的出奇，
黃窗戶按的本是這個黃玻璃。
萬數多間的房子按的本是一條脊（太平年）。
那獸頭要安著就在雲彩眼兒裏。
皇上的相貌他是那長的出奇，
一丈多高是一個黃胖子。
一張黃臉倒有那個八仙桌子大（太平年）。
黃鬍子搭拉是那過了肚臍。
黃袍子金龍繡著，黃馬褂的衣裳按著黃銅紐子。
黃靴子黃襪子黃包腳布（太平年）。
北京城的皇上他沒有個辮子。
那一天太后的生日，皇上撒網他請個份子。
大奶奶隨人情帶著我這老媽去（太平年）。
那皇宮內院我赴過那酒席。

天氣不早擺上席，上來的酒席那都是鍋子盒子。

這娘娘斟酒是那太后給我布菜（太平年）。

給老媽兒我布了一塊兒那醋溜西瓜皮。

小太子他是個頑皮，隔著桌子他夠菜吃。

拉拉油髒了我的那個毛藍布衫兒（太平年）。

這娘娘給他那麼兩筷子。

老太后疼她的孫子，她給了娘娘兩個嘴巴子。

小老媽上前我拉了一把（太平年）。

老太后認我是乾閨女。

天氣不早我就要告辭，老媽要上前我抱起了兒子。

這娘娘送我就在午朝門外（太平年）。

老太后送我在西半街兒西。

老媽開嗙列位笑喜喜。

三天訴不盡老媽開完了嗙。

願列位富貴榮華吉慶有餘。

眾鄰　　　（唱）這裡只把美人大嫂子叫。

那個也把美大嫂子提。你說北京城的景致好。

過了年我們也看看去。

老媽擺手說去不了。

無有好臉子去不的。

（李氏白）我說老頭子。你聽北京城的景致多麼好。過年我也去逛逛。

（王白）你沒聽見侄媳說嗎。無有好臉子不能去的。像你這樣老面孔的貨更不行了。走吧。

回家過年去吧。

（同下）

【第五場】

（老媽上）

老媽　　　（白）自從回家過年。常把大爺掛心間。

　　我老媽自從去年。被我們那個傻當家的接回家來。年已過了。
家中仍是少吃無穿。這樣窮苦日子，實在是沒法過。將來我
仍得回北京去。決不能在家遭這樣的罪。不免將我那傻當家
的叫出來，商議商議。我說當家的——

（柱子上）

柱子	（白）做什麼？
老媽	年已過了。家中少吃缺穿。這樣窮日子亦沒法過。我還得回北京去。
柱子	不行，不行。
老媽	因為什麼不行？
柱子	頭一件我捨不了你。第二件自從你上北京後，我的名聲就不好聽了。街坊四鄰小孩嘴，見面就管我叫忘八。這回一定是不行的，死亦得死茬一處。
老媽	你不讓我回北京亦行。但得依我三件事。你要不。我非去不可。
柱子	那三件呢？
老媽	頭一件。每天你得掙大洋二十元。
柱子	辦不到哪。第二件。
老媽	你把我休了。
柱子	更辦不到。我捨不了你。第三件呢？
老媽	你拿刀把我殺了吧。
柱子	更，更辦不到了。休你我還捨不得。殺了更不能。
老媽	你著實想想呀。我看你沒有主意。我就是與他爭吵亦不中用。我不免與他飲上幾杯酒。將他灌醉，把他害死也就完了。何必與他吵鬧呢？我就是這個主意。
老媽	（唱）小老媽心中自調停。想起了以往事好不傷情。 在北京與大爺多麼恩愛。吃珍饈穿綾羅甚是遂心。 自從我們傻當家的將我接回家轉。終日忍饑挨凍甚是可憐。 我心想回北京他百般不允。不回去在家中就得受窮。 我與他空吵鬧亦是無用。

　　　　　　忽然想起了，大爺他與我商議的事情。

　　　　　　他叫我回家把傻東西害。好與我把長久夫妻成。

　　　　　　思前想後主意定。只得照大爺的計策行。

　　　　　　滿面帶笑尊聲夫主。方才的事兒莫記在心。

　　　　　　我本是與你說的玩笑話。千萬的不可惱怒把我容。

　　　　　　天色不早太陽落。我與你作飯炒菜同飲劉伶。

（下）

柱子　　　　　（白）你看我這個小媳婦。說的話兒多麼好。我滿心的怒氣
　　　　　　都被他說沒了。待他把酒菜端來。我們好好的喝一場子。

（老媽端酒菜上）

老媽　　　　　（白）夫君請飲。

（二人同飲柱子醉倒）

老媽　　　　　（白）你看傻東西。已經被我灌醉了。不免我用繩子將他勒
　　　　　　死。

老媽　　　　　（唱）小老媽一見柱了喝醉了。不由心中暗喜歡。

　　　　　　用手巾先把他嘴塞住。拿繩就從頸上勒。

　　　　　　七寸長釘釘頭頂，定叫他一命早歸西。

　　　　　　將屍身拖在草堆後。逃之夭夭走得急。

　　　　　　一心逃往北京去。見了大爺配成長久夫妻。

（下）

【第六場】

（王萬昌夫妻上）

王萬昌　　　　心驚膽又跳。

李氏　　　　　嘴中發急燥。

王萬昌　　　　老婆子。年已過了。近幾日來我心驚眼跳，不知有何事情。

李氏　　　　　這幾天我心中亦不安穩。亦不知是怎麼的。天色已晚。咱們
　　　　　　睡覺吧！

（夫妻同睡，上柱子魂）

柱子	（白）可恨淫婦心不良。害我柱子一命亡。
	天已三更正交半夜。不免到我二大爺家中與他託夢。求他老人家與我伸冤便了。

（下又上）

柱子	（唱）聽樵樓打罷了三更鼓。陰曹府來了我屈死的傻柱子。
	駕陰風急忙忙來的好快。來到了我二大爺二大媽他的家中。
	他二老人家正睡覺。我將那屈死冤情細說分明。
	口尊聲二大爺快與我把冤報。姪兒我被淫婦用酒灌醉。
	銅釘釘頂一命傾。將屍身埋至在草堆之內。
	淫賤婦獨自逃往北京城。訴說已畢忙回轉。（下魂）

（王萬昌與李氏同上）

王萬昌	
李氏	（同白）方才正在夢中。見我的姪兒來了。項拖藤繩，舌露於外，滿面污血。言說被淫婦害死，求我報冤。待你我夫妻同到他家看看。如是事實，必稟報當官。捉拿淫婦便了。

（同下）

【第七場】

（王萬昌又上）

王萬昌	是了。方才我到柱子家中。見房門大開。姪婦不良。害我姪兒一命亡。
	我王萬昌。我有個姪兒柱子。被姪婦將他害死。柱子與我託夢求我與他伸冤。眼前來到三河縣大堂。不免我上堂喊冤便了。冤枉，冤枉。

（差役上）

差役	（白）有何冤枉。隨我上堂面稟。

（縣官上，升堂）

王萬昌	小人與大人叩頭。
（縣官白）	有何冤枉訴來。

王萬昌	（白）我有個侄兒名叫傻柱子。娶陳氏為妻。因家中貧寒。我與我表妹去信。託我表妹給他往北京找個當老媽的地方。一去四年半。去年年底，我侄兒將侄媳婦接回來家過年。前幾天我侄子並無病症。昨夜晚三更之後。我正在夢中。夢見我侄兒滿面是血。訴說被我侄媳婦害死。求我與他伸冤。我清晨起來。到我侄兒家中。見房門大開。屋中一個人也無有。我找到後邊草堆中。找兒我侄兒的屍身。我侄媳婦大約逃往北京去了。求大人與他伸冤。
縣官	差役就此打道去赴王家莊驗屍。（同下）
（又上縣官）	
縣官	（白）將屍身抬來。細細檢驗。
（差役驗屍）	
差役	各處並無有傷。
縣官	打開頭髮驗。
差役	稟大人。頭頂被鋼釘釘傷而亡。
縣官	王萬昌。
王萬昌	有。
縣官	將你侄兒收殮。隨我到縣。不得有誤。（下）
（縣官差役上）	
縣官	升堂。傳王萬昌。
差役	王萬昌傳到。
縣官	王萬昌，你侄媳婦往北京去是何人舉薦。
王萬昌	是我表妹陳正氏舉薦。
縣官	他現在北京何處？
王萬昌	北京太平胡同。
縣官	這有公事一封。你送至北京宛平縣第三署，求署長與你拿人。
王萬昌	是。
縣官	退堂。（同下）

【第八場】

（署長、警察上）

署長　　　　我宛平縣署署長孫玉峯。來此已經數月，地面到也太平。

（王萬昌上）

王萬昌　　　眼前已來到北京第三署，待我喊冤。冤枉。冤枉。

署長　　　　外邊何人喊畔。速速帶來

警察　　　　帶到。

署長　　　　你是何人呢。有何冤枉。

王萬昌　　　我三河縣王家莊人。有血海冤枉。求大人設法拿入才是。這
　　　　　　有三河縣的公事一封。求大人請看。

署長　　　　原來如此。警察就此同到太平衡衙老媽店走走。（同下）

【第九場】

（王萬昌、署長上）

王萬昌　　　到了。待我叫門。

（陳劉氏上）

陳劉氏　　　何人叫門。

王萬昌　　　我是你表兄王萬昌。

陳劉氏　　　原來表兄到了，裏邊請坐。

署長　　　　你是劉氏嗎？

陳劉氏　　　是。

署長　　　　王陳氏當老媽是你舉薦的嗎？

陳劉氏　　　是我舉薦的。找他做什麼？

王萬昌　　　他將我侄兒害死。逃到北京來了。

陳劉氏　　　唉呀。這個淫婦。他竟作出這樣事來。署長老爺們隨我來。
　　　　　　咱們一同去找他便了。（同下）

【第十場】

（關大爺上）

大爺	（唱）自從老媽轉回京。不由大爺喜心中。
	（白）我大爺自從老媽由三河縣回來，他將他丈夫害死。我已收他做個二房小妾。到也隨心如意。近日來，心驚眼跳坐臥不安。不知有何事故。今日天氣清和。不如到街上散散心去便了。

（署長來人等同上）

陳劉氏	到了。開門，開門。
大爺	何人扣門。待我開門看看。這不是劉媽麼。你領警官來我府門作甚麼。
陳劉氏	我找三河縣的陳老媽。在你府上麼？
大爺	無有，無有。早已辭活回家咧。
陳劉氏	辭活你也未通知我。待我進去找去。
大爺	我把你這撒野的東西。到大爺府上來做什麼？
陳劉氏	待我進去找去。

（劉下又劉拉老媽上）

陳劉氏	找著了。
署長	將他一同拿到署去。
大爺	待我更衣。

（全下）

【第十一場】

（署長等上）

署長	（白）一同到署。（同下）

【第十二場】

（又同上。署長入坐）

署長	將關三、陳氏一同帶上來。
警察	是。
署長	關三你將陳氏害死他丈夫之一件事情。速速訴說明白。
大爺	我不知道。陳氏並未害死他的丈夫。

署長	無有對證。大約你也不肯實說。先將他帶下去。將陳氏帶上來。
警察	是。

（大爺下，老媽上）

署長	陳氏。你如何將你丈夫害死。快快的訴明。
老媽	大人。小婦人並未害死丈夫。我丈夫於去年年底，將我接回家中過了年。民婦因家中度日艱難，我辭別丈夫回到北京。不知何人將我丈夫害死。我二大爺不詳細調查，誣賴民婦。求大人與民婦作主吧。
署長	好個利口。刁婦。如無證據你是不肯招認的。先將你帶下。
警察	是。
署長	不免我以長途電話通知三河縣縣長。赴京一同會審。（下）

【第十三場】

（上三河縣縣長）

縣長	時才我接北京長途電話。為王家莊害死親夫一案。囑我赴北京一同會審。差役帶馬伺候。待我赴京會審便了。（下）

【第十四場】

（署長上，縣長上）

縣長	貴署長請。
署長	貴縣長請。
	（同白）廳長升堂。待你我二人伺候，一同會審。

（廳長上）

廳長	二位大人早已到了。請坐。帶王萬昌、陳劉氏上來
差役	是。
廳長	王萬昌。你侄兒如何死的，照實訴來。
王萬昌	我侄兒是被侄媳婦害死的。前四年間。因我侄兒家中貧寒。我託我表妹陳劉氏。往北京與我侄媳婦。找一個當老媽的地方。一去四年多。去年年底，我侄兒將侄媳婦接回家來。於今年正月二十日晚間，我正在夢中。夢見我侄兒訴說。被侄媳婦害死。求我伸冤。第二日早晨，我到我侄兒家中。見房

	門大開，屋內並無一人。我到後邊草堆中，見我侄兒屍身。侄婦早已暗自飛走。這是以往情形。求大人與民人作主吧。與我侄兒伸冤。
廳長	暫先退下。陳劉氏，你如何與王陳氏找的地方。將以往情形訴來。
陳劉氏	大人容稟。於四年以前。我表兄打發他侄兒，帶領他侄婦拿信來北京。找到民婦店中。民婦見信，只得照信辦理。正趕上關府用人。小婦人就舉薦妥了。一住四年半。去年他回家，我亦不知道。如河害死他的丈夫，我更不知道了。此事與小婦人毫不相干。求大人開恩。
廳長	這就是了。你先退下。帶王陳氏上來。
差役	是。

（老媽上）

老媽	為人莫作虧心事。頭上朗朗有青天。 我王陳氏。自從將我丈夫害死，逃到北京。多蒙大爺抬舉，收我為二房妾。實指望夫唱婦隨，快樂一生。不料想事機不密，已經犯了。我在署中不承認。今日三堂會審。我立定主意不承認，他亦無有法子。不能定我的罪名。就是這個主意。
差役	快上堂跪下。
廳長	好個萬惡刁婦。將害死你丈夫的情形，速速訴來。
老媽	大人容稟。 （唱）小老媽跪堂前開細言稟。尊了聲大老爺細聽分明。 我家住在京東三河縣，離城十里泃河村。 偏不幸我的公婆下世太早，與我的丈夫苦度光陰。 我丈夫生得茶呆傻，每日不能進分文。 我丈夫自從將我娶到家下。又無柴又無米苦受貧窮。 多虧我二大爺與我寫下一封信。到北京找到了關氏府門。 在北京住上四年半。去年我的丈夫接我回家中。 在家中過了年我就把北京回轉。不知道是何人暗下毒情。 大約是我二大爺心生毒計，害死了我丈夫命歸陰城。 求大人快將我二大爺拿住。速與我丈夫報冤仇。

廳長	（同白）好個萬惡刁婦。自己將丈夫害死。反誣賴別人。差役！看大刑侍候。快快招來。快快招來。
老媽	事已如此。大約不招也是不行。大人不要動刑。待小婦人招來。
	（唱）請大人慢動刑聽我細稟。我把那以往的事情訴說分明。自從我到北京住在關府。關大爺他待我的恩情似海深。
縣長	（白）怎麼的恩情速速說來。
老媽	（唱）身上衣服換綢緞。頭上首飾換赤金。重活他不用我小老媽做，
縣長	（白）二位大人你們看關三。他用個老媽。不做重活兒，倒也奇怪了。他不叫你做重活兒，叫你做甚麼活呢。快快說來，快快說來。
老媽	（唱）白日裏在書房裝煙倒水。到晚間那——
署長，廳長	（同白）到晚間怎麼的呢？
老媽	（唱）到晚間——
縣長	（白）到晚間怎麼的？快說。不說看刑具。
廳長	（白）快說。
署長	（白）快說，快說。
老媽	（唱）倒晚間鴛鴦枕上敘敘交情。我二人論交情如魚得水。比較那真正夫妻強十分。有一天鼓打三更正半夜。我們大爺鴛鴦枕上把說明。
廳長	（白）他說什麼呢。
老媽	（唱）他說是露水夫妻不長久，他叫我把我丈夫一命傾。趕上我們傻當家的時運背。他將我接回了他的家中。在家中過年已有十餘日，終朝每日想回北京。我當家的他只是百般不肯。小婦人我不該把計生。將我們當家的用酒罐醉。七寸鋼釘釘頭中。一見我們當家的喪了命。急急忙忙逃到北京。我們大爺他一聽心歡喜。收我做個二房小妾藏在他家中。這是以往真情事。求大人網開一面筆下超生。
廳長	畫供。帶關三上來。

（警察帶大爺上）

警察	跪下。
大爺	我乃有功名之人。豈肯跪你們這羣走狗。
廳長	好個狂徒。這是民國，你將前清之頂戴稱來，就是攪亂公堂。差役將他的頂戴除了。
差役	是。
廳長	關三你與陳氏合謀害死親夫之事。速速招來。
大爺	我並不認識陳氏。
老媽	我說大爺，我已招了。你不招亦是不行啊。
大爺	我可被你害苦了。
老媽	不要瞞怨。你忘了那好時候了。
廳長	畫供。明天綁到法場。將姦夫淫婦一同槍斃。將人犯帶下。

正是：善惡到頭終有報。只爭來早與來遲。（同下）

【第十五場】

（又同上）

差役	到法場了。
大爺	眾位弟兄們。今日乃是我盡頭之日。求眾位暫緩一時。我有幾句話說。 （唱）關大爺在法場暗自尋思。思想起自己作事對不起人。 我不該淫人妻又害人命。到如今我亦得把命來傾。 勸世間青年們總要學好。莫學我關三這樣德行。
老媽	（唱）我綁在法場淚珠兒傾。尊了聲女同胞細聽分明。 女子們一生名節為重。一念之差失了節操得壞名。 生身的父與母羞愧難見人面。自己的子與女遺恨終身。 勸世間女同胞總要學好。休學我貪圖快樂失了名節。 是我害死親夫主。到如今身綁在法場槍斃我把命來傾。 人人切齒萬人唾罵。遺臭千古留下一個惡名。
差役	時辰到了。開槍！
眾官	（白）萬惡淫為首。報應有循環。回衙。

（同下）

《槍斃女匪駝龍》

（根據上世紀三十年代北京打磨場學古堂刊本整理）

上世紀三十年代北京打磨場學古堂刊本

主要角色

素貞（駝龍）：旦

大龍：花臉

趙媽：旦

緝查：武生

愛洋：武花

禍國：武丑

署長：生

【第一場】

（鴇兒上）

鴇兒　　　　（白）最好原來風月場，家家夜夜換新郎。

　　　　　　我王老鴇，在長春開了一座福順班，甚是興盛。天色不早，只得叫頭子掛燈照客。頭子哪裏，快來。

（頭子上）

頭子　　　　來了。忽聽老闆喚，進房問根源。老闆叫我何事？

鴇子　　　　我看天色不早咧。快掛燈吧。

頭子　　　　是。

鴇子　　　　正是。栽種鮮花任蜂採，引的青春少年來。（下）

（上大龍）

大龍　　　　（白）綠林叢中逞英雄，不遵規法任意行。

　　　　　　我王福紫。吉林長嶺縣人氏，人稱匪號大龍。成當鬍匪，天天違法。招聚許多同類，作事甚是順手。得了錢財不少，今個帶領大家弟兄來在長春散散心。一夥弟兄隨便閒逛去了。是日天色已黑，我只得娼窯走走。

　　　　　　（唱）紅日西墜月色明，沿門盡焰電氣燈。

　　　　　　大街以上閒人逛，士農工商來往行。

　　　　　　買賣鋪家把門閉，行人路客奔店中。

　　　　　　世界人多分幾等，也有富貴與貧窮。

　　　　　　有坐汽車與馬車，也有推車擔擔行。

　　　　　　正走之間抬頭看，來在平康大街中。

楚館泰樓門面好，家家掛著氣電燈。

來往行人面帶笑，商商量量把話明。

這個說寶翠長的一好，那個說寶蘭不如大俊卿。

這個說有個金香愛白臉，黑臉化錢是白扔。

金蘭金翠大寶凰，金玉金喜大翠紅。

但只見幾名妓女門前站，攜手攔腕笑盈盈。

也有穿紅配著綠，也有穿藍配著青。

內中站著美色女，桃腮粉面帶笑容。

眉清目秀櫻桃口，牙白如玉長的乾淨。

此女非常著人愛，何不進院論論交情。

邁步就把行院進──

頭子	（唱）頭子進前把話明。
	（白）你老進屋，請落坐吃茶。你老有熟人無有。
大龍	無有。與我見見。
頭子	七號瞧客。金花、金喜、翠紅、翠玉。俊卿、桂香、春英、小凰，清倌、素芳、素貞出來啦。你老看中那位啦？
大龍	我招呼素貞。
頭子	素貞姑娘，七號照客。倒茶，打條手巾，素貞姑娘接客了。
素貞	（白）你老貴姓。
大龍	我姓王。
素貞	王爺請裏邊坐吧！照顧不到的多有擔待些。
大龍	無有什麼說的，不要客氣。素貞你我雖然初次相見，甚是有緣。咱要桌酒席，飲上幾盃何妨。
素貞	大爺吃好唱好。待我叫人。頭子快來。
頭子	來了何事。
素貞	要上等酒席一桌。快去。
頭子	是。（下又上）
	酒席已到。
素貞	王爺請用酒吧。
	（唱）雙手捧盃面帶笑，我和王爺飲一盅。

大龍　　　（唱）飲一盅來飲一盅，不知卿你家住何庭？
　　　　　（白）怎麼身落娼窯呢？

素貞　　　（白）你要問我這件事，教人一言難盡了。
　　　　　（唱）床間並坐拉住郎的衣。請你貴耳聽仔細。
　　　　　家住奉天遼陽縣，遼陽城裏有家居。
　　　　　父本姓張以農為業，生我一人無兄弟。
　　　　　雖然家中本不富，不缺錢財與穿衣。
　　　　　嬌生慣養到九歲，將我送在學堂裏。
　　　　　念過國文與歷史，自然地理全念齊。
　　　　　高等學堂身畢業，現有文憑在箱裏。
　　　　　父母並未把婚配，任意而行未受過屈。
　　　　　也是那年生意錯，誤入煙花把身寄。
　　　　　初進行院羞又愧，接客過場全不知。
　　　　　鴇母叫我斟茶把盤子賣，迎賓待客留住局。
　　　　　勾引調笑全然不懂。涼咧熱咧各不知。
　　　　　遇見那輕薄客摟摟抱抱，羞的我面紅赤耳把頭低。
　　　　　可歎我良門女子真不幸。流入下賤為娼妓。
　　　　　自從落水入行院裏，經過客爺多如螻蟻。
　　　　　接交的軍商學界與官長，也有高來也有低。
　　　　　也有俊來也有醜，老老少少等等不齊。
　　　　　並未遇著個情投意合者，縱有心事對誰提。
　　　　　咱二人雖云初見面，從未遇疏財仗義竟如斯。
　　　　　亦不知君到此處因何故，願知你家住貴府做何生理。
　　　　　倘若一旦分別後，好與你老把信寄。

大龍　　　（唱）哈哈大笑叫聲貴相知，你坐床頭聽仔細。
　　　　　我家住在吉林省，長嶺小縣住城西。
　　　　　我今年長三十六，父母雙亡未娶妻。

素貞　　　（白）不知君你作何營業呢？

大龍　　　（唱）卿要問我作何事，切莫高聲聲要低。
　　　　　無本能取萬分利，搶奪民財當鬍子。
　　　　　大龍本是我匪號，千萬莫對外人提。

素貞　　　　（唱）聞呵此言暗暗驚疑，低頊不語自卑自思。

今遇大龍來到此，連連住了我幾個局。

倘若大龍他去後，外人宴請不知悉。

與他臥床十數日，縱然也有私。

稽查暗中訪問準，我的皮肉怕受屈。

不如從良跟他走，跳出苦海離娼妓。

和容悅色面帶笑，聽我把心中事細對君提。

自從落水這些載，接交的客人好歹不齊。

老老少少俊俊醜醜，富貴貧賤與高低。

早看破煙花不能養老，心想著脫娼妓改換身體。

一情願從良隨君走，海角天涯把馬騎。

大龍　　　　（白）素貞你休說此話，你在這裏歡樂無比那能從良。縱有從良之心，接交師旅團長來往如蟻，豈能與我輩同心合意！你說此話斷然不信。

素貞　　　　（唱）休說官長與公子，不如投緣對意的。

浪子移情風流女，蜜語甘言全是虛。

心如黃連口如蜜，米湯嘴灌的他不知東西。

有錢上樓他是大爺到，無錢再來就是窯皮。

煙花院擺下一座迷魂陣，誰紅誰恩愛那個是夫妻。

實心與君無二意，金石良言並無有虛。

大龍　　　　（白）素貞你說與我真心從良，但有一件，你在這裡花天酒地，身體何等舒服。肯去騎馬跨槍，受那些風霜之苦呢？

素貞　　　　（唱）說什麼風寒道的什麼苦，世界誰像我妓女們低。

無論何人任意戲耍，不顧父母遺體少羞恥。

煙花院好比座迷魂陣，本是陽間活地獄。

望求君你發慈悲，搭救小妾把火坑離。

小奴雖是女流輩，更喜端槍把馬騎。

昔日有幾位女將，君你請坐細聽我提。

想當年梨花女他本姓樊，嫁與丁山把寒江失。

榜落投唐保真主，掛印封帥多出奇。

東擋西殺南征北戰，他與那唐天子定下華夷。

與丈夫保龍山前救君主，保主還朝去平西。

小妾我不敢比前朝女，跨馬橫槍也能對敵。

心意已定無二意，望求夫君莫要推辭。

妾求夫君懇懇切切，

大龍	（唱）滿面堆笑把話提。
	（白）素貞不必如此。你真心與我從良之時，與開店之家說明。你欠他押款多少，將債還清，帶你出院也就是了。
素貞	（白）如此多謝君之大德。小妾之押款足有三千餘元，望君急速辦理才好。
大龍	（白）今晚將銀交齊，帶你出院也就是了。但有一件。卿你這些衣服皮箱等物。不知寄於何處。
素貞	（白）夫君不必為難，離此不遠正南三道崗子，在那裡有我一位乾母。將這衣服等件，可寄在那裡存放一宿，明早隨君起身，你看如何？
大龍	（白）如此方好。
	正是：與卿贖身離娼門，
素貞	跳出苦海奔青雲。夫君請。（下）

【第二場】

（上愛洋、禍國）

愛洋	（白）兄長去進玩。
禍國	不見轉回程。
愛洋	（白）仁弟你看咱兄長，這些日期不見回店，也不知因為何故。叫人放心不下。

（上大龍）

大龍	（白）將卿贖身事。告與朋友知。弟兄在房麼？
愛洋	（白）兄長回來了。請坐。
大龍	（白）大家同坐。為兄有一件羞愧之事，難以出口。
愛洋	（白）兄長有話請講當面。

大龍	（白）今有福順班素貞要與我從良。叫我實實難以推辭。定準今晚與他贖身出院。去叫他義母處存宿一夜。明晨隨咱登程。不知二位兄弟意下如何？
愛洋	（白）如此乃是一件好事。就此去福順班走走。
大龍	（唱）弟兄三人出店門，
愛洋	（唱）行走去見女佳人。（下）

【第三場】

（素貞上）

素貞	（白）只為從良事，教奴掛在心。 自從他去後，與老闆說妥從良之事。天到九點餘鐘，為何未見來院？

（上大龍、愛洋、禍國三人上）

大龍	（白）弟兄們，隨我進院。

（上頭子）

頭子	（白）你老這屋請。
素貞	（白）請坐。此二位是誰？代我引見朋友。
大龍	（白）此二位是兩個盟弟。
素貞	（白）二位爺請坐吃茶吧。夫君不知事情辦理怎樣呢？
大龍	（白）將開店之家請過房來。將錢交清，咱就此出院。
素貞	（白）是。有請姐姐到這屋。

（鴇子上）

鴇子	（白）忽聽素貞喚，必是交銀元。你們三位爺早來唄。待我給您斟斟茶吧。
大龍	（白）謝謝。素貞與我出院，不知他欠貴班押款多少？
鴇子	（白）他共欠奉票洋三千元整。
大龍	（白）這是三千二百元。拿去。下餘之錢給他們買鞋吧。
頭子	（白）多謝大爺。我與大爺叫車子去。

（上眾妓）

眾妓	（白）與姐姐收拾行李，送姐姐出院。
素貞	（白）多謝眾位姐妹。

頭子	（白）馬車現在門外侍候。
素貞	（白）就此起身。
鴇子	（白）妹妹一路保重。
素貞	（白）辭姐如同雁失群，
鴇子	（白）妹妹一路保平安。
素貞	（白）姐姐請回吧。（同下）

【第四場】

（上趙媽）

趙媽　　　　（白）窮人不可苦打算，富貴貧賤命由天。老身李氏，許配趙門為妻，不幸老頭子下世去了，剩我一人度日。後來認了一個乾女兒，名叫張素貞。在福順班混事。也不知這些天事由如何。

（龍、素及愛、禍同上）

素貞　　　　（白）來在乾娘門首，侍我叩門。媽媽開門來。

趙媽　　　　（白）哎呀，半夜三更的是何人叫門呢？待我看看去。外邊何人叩門？

素貞　　　　（白）是孩兒我呀。

趙媽　　　　（白）哎呀，是素貞來啦。你怎不快進來呢。

素貞　　　　（白）我的媽媽你老不開門，我怎進去。

趙媽　　　　（白）對呀，我不開門你怎麼進來呢。侍我與你開門。哎呀你帶這些人來咧。把東西怎都帶來啦。

素貞　　　　（白）媽媽進屋再說吧。車夫將對象搬在屋內。

車夫　　　　（白）是。

趙媽　　　　（白）眾位請進我的敝舍吧。

　　　　　　（同白）請。

趙媽　　　　（白）眾位請坐。

大龍　　　　大家同坐。

趙媽　　　　（白）女兒，這三位是那裡的客人？

素貞　　　　（白）這是女兒隨他從良之夫君。這二位是他結盟兄弟。夫君，兄弟，見過我母。

　　　　　　（三人白）老人家可好。

趙媽	（白）好哇好啊。快快請坐吧。待我與眾位燒茶做飯去。
大龍	慢著。茶飯全然不用，就此安眠才好。明天還要早早起身。
趙媽	（白）你看到這裡連水未喝。要不然屈尊你們三位玉體。請在一屋安眠了罷。
	（眾人白）如此方好。大家安宿了吧，老人家請。（下）
趙媽	（白）我兒從良這等高興。怎麼不在娼門混事了呢？
素貞	（白）媽媽要問我從良之事，聽兒慢慢訴來。

（唱）低言巧語把話明，尊聲乾媽你老聽。

提起從良已往事，小奴我出在了無奈中。

自從那年進柳巷，含羞帶愧把客迎。

現今年長二十歲，結交的客人記不清。

接交師旅團長貴公子，並無有一人對我心中。

我看透煙花無有好友，我今跳出是非坑。

煙花院好比活地獄，是一座迷魂陣單把人坑。

穿緞衣戴珠翠扣人羅網，灌米湯上局子為的是銀子錢。

我在行院這幾載，我害了許多瞎相公。

錦緞衣好比迷人網，頭上插花猶如刺人蜂。

芙蓉面好似勾魂的鏡，眉開眼笑就把人坑。

櫻桃口說去他千頃良地，玉米牙嚼黃他買賣與經營。

小金蓮好比綁人的鎖，描花腕好比扣仙的鐺。

一雙手好比殺人的劍，楊柳腰好比停人的靈。

象牙床好比殺人場，紅綾被好比槓死城。

雖然是不能人頭落，化的他傾家敗產手空空。

長官貪戀我官革職落，買賣人愛我不作經營。

讀書人戀我持書不念，莊農人貪戀我不顧耕種。

細思想皮肉多作損，要死後難免被拋曠野中。

我今從良歸王姓，終身有靠過秋冬。

堆金積銀歡千萬，隱蔽僻庭去把身容。

趙媽	（唱）聞聽素貞說一遍，句句說的是實情。
	如今從良是好事，從良從此留美名。
	像你青樓從良更穩重，回家去夫唱婦隨身受恭。
	不知你夫他作何營業，或是官長是作經營。
	你夫來城因何故，高姓大名住那城。
	分別後媽媽想起了你。近前看望速把信通。
素貞	（唱）聞聽乾娘將我問，低下頭來暗叮嚀。
	有心說了實情話，又怕乾娘走漏風聲。
	有心不說實情話，瞞著義母禮不通。
	我若說出已往事，打量他也不能容。
	四過項來面帶笑，尊聲媽媽貴耳聽。
	兒說出我夫他作的營業，千萬莫對外人明。
趙媽	（白）我說素貞咧，自從你到長春，我就認你乾女兒。如同親的一般。有什麼事對我說吧。怕著什麼？有避人的事情，我不能對外人說去。你說吧。
素貞	（白）媽，我要說了。您老可千萬別對外人說呀。媽媽呀！
	（唱）我夫家住吉林省，長嶺城西有他門庭。
	王福紫本是他名諱，人道匪號叫大龍。
	他今年長三十六，比我歲數大一更。
	搶奪民財無營業，綠林之中他有大名。
	奴今隨他從良去，海角天涯抖抖威風。
	堆金積銀數千萬，速走他鄉去把身容。
	雖不能生兒養下女，夫唱婦隨樂無窮。
	說話之間五更鼓，金雞三唱天色明。
	（白）媽媽你看，天色將明，何不將他們喚醒，就此登程才是。
趙媽	（白）如比方好。待我去叫。三位速醒，天色以亮咧。
大龍	（白）天色將明，兄弟們急速備馬，就此登程。
愛洋	（白）是。馬已備好。請兄嫂上馬。
大龍	（白）就此投奔亂石山走走。老人家就比分別了吧。
趙媽	（白）你們大家一路保重吧。
素貞	（白）多謝媽媽。他日重逢難預備，

趙媽	（白）此時分別最可憐。
素貞	（白）媽媽請回吧。（同下）

【第五場】

（上大龍、愛洋、禍國、素貞大邊場）

大龍	（白）人逢喜事精神爽，
素貞	（白）真正苦去甜來時。郎君。小妾從未出城，今逢春天美景，青苗在地，好不歡樂人也。
	（唱）素貞馬上樂無愁，口尊聲夫君兄弟聽根由。
	小妾我從郎出城來玩耍，一路美景看不到頭。
	但只見道旁栽著春楊柳，桃杏花開似水流。
	見了些茅屋草舍貧居陋巷，見了些水閣涼亭繞大樓。
	見了些富婆佳人美貌少婦，見了些六旬老者白了蒼頭。
	只見那騎馬坐轎來往行走，見了些琴棋書畫楚館青樓。
	只見那文武官員威風抖擻，但只見士農工商三教九流。
	只見樵夫打柴奔山走，老漁翁乘小舟懷抱魚鉤。
	農夫耕地把田種，商人貿易把財收。
	只見那山中松柏垂青帶，在山頭跑的有香獐馬猴。
	張素貞正然觀看山中景，
大龍	（唱）叫聲大夥聽根由。
	（白）眼前就是亂石山邊界。咱何不找一糧戶之家用飯。歇息歇息，再作事不遲。
愛洋	
禍國	（白）好。就此尋找。（同下）

【第六場】

（上官長）

官長	（白）赤膽忠心保國家，奉命去把鬍匪拿。
	我今帶領官兵捉拿大龍和愛洋禍國等賊。訪準他們在亂石山招聚賊匪成幫，共有一千多名。就此兵發亂石山去者。正是：與民除害發大兵，且把賊寇一掃平。（同下）

【第七場】

（上素貞、眾匪、大龍）（白）

大龍　　　　（白）眾位兄弟。咱從長春而歸。買賣甚是順手。得的錢財甚多，咱們是上別處去，還是在此久居呢？眾位頭目大家公議才是。

眾匪　　　　（白）就依我兄長的主意。

大龍　　　　（白）哎呀。此是何處槍聲。必是官兵來咧。大家預備子彈，就此與他們對敵。（同下）

【第八場】

（上官兵）

官兵　　　　（白）眾大兵，把亂石山團團圍住。就此開槍打東西。

（官兵放槍對敵）

大龍　　　　（白）兄弟們開火與他打。

（大龍中彈死）

【第九場】

（上愛洋、禍國）

愛洋

禍國　　　　（白）幫長被大兵打死。只得同眾家兄弟。報與嫂嫂知道。

愛洋　　　　（白）幫長陣亡事，

禍國　　　　（白）報與嫂嫂知。

（同）罷了，哥哥呀。（同下）

【第十場】

（上素貞白）

素貞　　　　（白）不見夫君面，心中暗自傷。

　　　　　　　正與大兵對故。不知兄弟們那邊去咧。

（上愛洋禍國人等）

素貞　　　　（白）你們俱都來到，為何不見你們的兄長？

眾匪　　　　（白）可歎我大哥在陣前一死。

素貞	（白）此括當真？
愛洋	（白）當真。
素貞	（白）果然？
愛洋	（白）果然。
素貞	（白）你可知屍首現在何處？
愛洋	（白）現在山坡以下。
愛洋	（白）隨我來。
素貞	（唱）罷了，我的夫哇。

見夫君一命亡，屍首躺在地當場。

走上近前摸心口，氣絕身死渾身涼。

夫君你今身一死，拋下小奴無主張。

可恨大兵太膽大，槍斃夫君見閻王。

有朝一日拿住你，把你剝皮挖眼大開膛。

恨大兵哭丈夫槌胸跺腳，大放怨聲哭王郎。

駝龍哭的如酒醉，

愛洋	（唱）口尊嫂嫂切莫悲傷。
	（白）嫂嫂不要啼哭，大概人死難以回生。四外官兵攻打甚緊。咱們難以脫逃。大家幫助嫂嫂與兄報仇也就是了。
素貞	（白）如此多謝諸位兄弟。將你兄屍首掩埋在此。大家幫我打退官兵。
眾匪	（白）是！
素貞	（白）罷了夫哇。（眾下）

【第十一場】

（上官長）

官長	（白）將鬍匪殺敗，打死賊等百餘名。暫時不必追趕。回營交令。（下）

【第十二場】

（上眾匪、素貞）

素貞　　　　　（白）夫君命歸天，叫奴好心酸。可惜我夫前日陣前身亡，
　　　　　　　　是我晝夜難忘，心想與夫君報仇，怎奈官兵甚多難以取勝。
　　　　　　　　不如同大家弟兄，去到墳前祭奠大哭一場。諸位兄弟們同
　　　　　　　　我去到你兄長墳前祭掃，不知大家意下如何？

眾匪　　　　　（白）我等願往。

素貞　　　　　（白）好，眾位帶路。（過場）來到墳前。

素貞　　　　　（白）罷了，我的夫哇！
　　　　　　　　（唱）雙膝跪在地埃塵，心如油烹淚淋淋。
　　　　　　　　夫君你今一身死。奴如同孤雁失了零。
　　　　　　　　有你咱倆同心合意，你才作事搶愚民。
　　　　　　　　撕的人票無其數，化作銀錢贖出我的身。
　　　　　　　　我隨你上山崗習槍練武，號稱駝龍誰不聞。
　　　　　　　　砲打山城子，槍了合龍鎮。
　　　　　　　　得了無數的奉票與金銀。不想你在此身遭橫禍。
　　　　　　　　奴與你雪恨拿仇人。拿住大兵用槍斃。
　　　　　　　　剝皮挖眼抽了筋，駝龍攻前正一發恨，

眾匪　　　　　（唱）口尊聲嫂嫂你聽真。

（同白）嫂嫂快快動手，大兵來咧！

素貞　　　　　（白）與他決一死戰。（眾下）

【第十三場】

（上眾官、官長）

官長　　　　　（白）訪準駝龍祭墳塋，攻打一戰我要成功。眾官兵三路攻
　　　　　　　　打，休放賤人逃走。

（開槍打介。駝龍等敗下）

【第十四場】

（上素貞）

素貞　　　　　（白）不好了。眾兄弟一個個敗死逃亡。我只得逃命要緊。
　　　　　　　　（唱）一行催馬好傷悲，怕人來追趕速把頭回。
　　　　　　　　思想起當匪無有好處，果然是勝者王侯敗者賊。

想我等作的事傷天害理，奪錢財去綁票俱把心虧。

亂石山打死了大龍夫主，到如今失散無路可歸。

看起來作惡事蒼天報應，果然是天有報神目光輝。

從今後洗淨身拋棄匪事，找一座安身處去把正歸。

不如去把乾娘見，想到這裡把馬催。

催馬就把乾娘家奔。見了乾娘細說一回。（下）

【第十五場】

（上趙媽）

趙媽　　　　（白）我，趙媽。自從女兒隨大龍走後，多少日子也未到來。叫我放心不下。

（素貞上）

素貞　　　　（白）離鞍下了馬，近前去扣門。媽媽開門來。

趙媽　　　　（白）呀，你是何人叫門呢。

素貞　　　　（白）是孩兒我呀。

趙媽　　　　（白）我女兒回來咧，訣進屋吧。坐下，為何一人歸來？你夫現在何處呢？

素貞　　　　（白）不要問了。

　　　　　　（唱）未曾開言淚樸簌，尊聲媽媽聽清楚。

提起從良已往事，叫人見笑真羞辱。

結交大龍恩愛重，情投意合兩佩服。

隨他從良出行院，海走天涯當匪徒。

奪搶民財綁人票，好比押人的當鋪。

送來錢銀贖性命，無錢來贖用槍殊。

傷害良民無其數，所作之事狠又毒。

亂石山前一場戰，丈夫陣前命嗚呼。

後來與他把墳祭，大兵訪知來抓奴。

同夥之人全失散，剩下嬌兒主意無。

無奈投奔媽媽你，隱藏貴舍不把頭出。

但等官兵不查問，速走他鄉好奔路途。

趙媽	（唱）聞聽女兒說一遍，怕是此處藏不妥。
	（白）遼陽地方離城甚近，暗查甚多怕是有些危險。
素貞	（白）若不然明天早晨，你上公主嶺月紅班安身。量也無人知曉。
	（唱）你投在窯裏煙花賣，改姓埋名度春秋。
	從此改名紅女，金雞一唱就動身。
	（白）就此安宿了吧。（下）

【第十六場】

（上稽查）

（稽查梁宋二人上）

梁金財	（白）奉了廳長命，
宋千金	（白）密訪為匪人。
梁金財	（白）我梁金財。
宋千金	（白）我宋千金。奉命來公主嶺查駝龍之事。聽店家說，他現在河南月紅班，改名玉紅。去到那裡，仔細盤查，就此走走。來此已是。就此進院。

（上頭子）

頭子	（白）這屋裏。七號見客。順喜、凰喜、金鈴、小蘭、清官、素卿，玉仙、月娥、玉紅、桂芳，到咧。
梁金財	（白）叫玉紅。
頭子	（白）玉紅姑娘七號見客。

（上素貞）

素貞	（白）你老貴姓與我引見朋友。
梁金財	（白）我姓梁，此位宋爺。
素貞	（白）二位多有照應。
梁金財	（白）無有說的。玉紅可是在此久混，還是新來的呢？
素貞	（白）我從哈爾濱來的，才不過一月餘。不知二位在此做何生理。
梁金財	（白）我二人前來買貨。今日得閒，進來玩玩。
素貞	（白）呀——，他二人模樣特別，必有別情。叫我好怕。

梁金財	（白）咱倆回去罷。回店做事去。（下）
素貞	（白你二位走哇？明天來呀。看他二人光景，叫我心中發疑。 我在此不能久站，只得急寄書信一封，郵寄我母家中。要幾 件棉衣。去上大連走走。頭子送信去。
頭子	（白）是。（下）

【第十七場】

（上梁、宋）

梁金財	（白）將駝龍事查請，
宋千金	（白）速回長春報明。正是。
梁金財	（白）訪準女匪事，
宋千金	（白）速報廳長知。（下）

【第十八場】

（上趙媽）

趙媽	（白）接見信一封。與女送棉衣。棉衣服色好。就此起身前往。 （唱）媽媽這才不怠慢，忙把包裹背在肩。 邁開大步忙往外走。回身又把門倒關。 路逢雨雪難行走，大略也得好幾天。 思思想想正行走。

（上梁宋）

梁金財	（唱）攔住婦人把話言。 （白）你老向何處去？
趙媽	（白）我上公主嶺，我給女兒送棉衣。去。
宋千金	（白）我們正要上公主嶺。如此咱們一同去罷。
趙媽	（白）你們爺們坐火車。我得走著哪！
梁金財	（白）我與你買張車票。
趙媽	（白）如此多謝爺們，就此上車吧。（下）

【第十九場】

（上素貞）

素貞	（白）前日那位客，叫我好心疑。前日我與乾娘去信，亦不知見著無有。這些天期不見回音。

（上趙媽）

趙媽	（白）裏邊有人無有？
頭子	（白）你是誰呀？
趙媽	（白）我是玉紅的媽。給他送衣服來咧。
頭子	（白）你老進屋吧。玉紅姑娘，你娘來咧。
素貞	（白）媽媽來咧，快快追屋。你老多有辛苦了。
趙媽	（白）我未辛苦著。幸得一位老客與我買票坐車來的。

（上梁宋）

梁金財	（白）來此已是，就此進院。
頭子	（白）你老進房請。玉紅來客咧。
素貞	（白）梁爺宋爺來咧。請坐下吧。
梁金財	（白）你老早來咧。
趙媽	（白）我下車就上這裡來了，你們在房說話吧。我上別屋去。失陪咧。（下）
素貞	（白）你老今天到的早。
宋千金	（白）這幾天櫃上大忙，前來採買貨物。到你貴班與你說幾句話。
素貞	（白）如此多謝。
梁金財	（白）咱們說話，喝口水吧。
宋千金	（白）我得上街辦事去。
素貞	（白）宋爺快回來呀。
梁金財	（白）你這衣裳化多錢作的？
素貞	（白）花了四十多元。

（梁用手抓住玉紅的手，取槍對著他的心口）

梁金財	（白）你的事犯了。
素貞	（白）好。我就是駝龍。奶奶做的奶奶當。

（上官兵進院，頭子，眾妓、老闆同上）

梁金財　　　　　（白）將駝龍與他乾娘綁著，往長春打電話，就此登車回長
　　　　　　　　　春走走。（眾下）

【第二十場】

（上處長）

處長　　　　　　（白）梁稽查來電話，將駝龍拿住。就此排隊相迎。

（上樑宋）

梁金財　　　　　（白）多勞大人來接。

　　　　　　　　（白）你們二位多有勞苦，就此回署。（下）

（又上歸大坐白）

處長　　　　　　（白）將駝龍帶上法庭。

差役　　　　　　（白）是。

（素貞帶上）

處長　　　　　　（白）駝龍。將你所做之事從實招來。

素貞　　　　　　（白）我自當胡匪，打過山城子，搶了合龍鎮。搶奪民財無
　　　　　　　　　其數。敢作敢當。

處長　　　　　　（白）好，就此畫押。

（素貞畫押）

處長　　　　　　（白）來人，將他交在司令部複審。

差役　　　　　　（白）是。

處長　　　　　　（白）就此退堂。

（全下）

【第二十一場】

（上司令）

司令　　　　　　（白）忠心玉壺冰，執法正乾坤。
　　　　　　　　昨日將駝龍復供。大家議決槍斃。命他義母賠綁。人來，將
　　　　　　　　駝龍提來。

差役　　　　　　（白）將駝龍提到。

司令　　　　　　（白）帶上來。

（素貞上）

司令　　　　（白）駝龍今日槍斃，你還有何話講。

素貞　　　　（白）好。縱死何恨！
　　　　　　拉下去。就此拉到法場。

（過場）

素貞　　　　（白）諸君聽道。我乃遼陽人氏，原名張素貞，今年二十四
　　　　　　歲。也是我出於無奈，當了鬍匪。雖然逢法，與眾不同。我是
　　　　　　殺富濟貧。縱然這樣犯法。與心無愧。今日法場一死不屈。
　　　　　　眾位看我面色改了未有？

（眾白）面不改色。

素貞　　　　（白）錯樣不錯樣？

（眾白）不錯樣！好。

素貞　　　　（白）你們好。我可不好。來了半天，時辰還未來到呢。

（眾白）未到。

素貞　　　　（白）時辰未到。我與乾娘說幾句話。我說媽呀，你醒醒咱
　　　　　　們糾法場啦。

趙媽　　　　（白）咳，還未死麼？

素貞　　　　（白）未死呢。

趙媽　　　　（白）咳，我當是到了陰曹地府了。女兒，你想媽媽。我好
　　　　　　屈呀。
　　　　　　（唱）未曾開言淚雙垂，叫聲女兒細聽明白。
　　　　　　心想結交有好庭，不成想跟你倒了黴。
　　　　　　自從你隨大龍去，終朝每日盼兒歸。
　　　　　　勸你拋歪行正道，因才混事把行院回。
　　　　　　只願你回行院有好處，不想落網遭事非。
　　　　　　我今法場身一死，你叫我冤屈不冤屈。

素貞　　　　（唱）聞聽媽媽一席話，你老免慟切莫悲。
　　　　　　你老人家不能死，無非與兒把綁陪。
　　　　　　孩兒本想把孝奉，至今一死心不虧。
　　　　　　奉託媽媽一件事，把孩屍首埋墳堆。

　　　　　　　　孩兒作惡招報應，槍斃正法把陰歸。

　　　　　　　　看起來人有虧心神目如電，頭上有佛天網恢恢。

　　　　　　　　為人莫做傷天害理的事，早晚報應必無虧。

　　　　　　　　勸諸君萬般還是行善好。看我等為惡人身遭槍雷。

　　　　　　　　（白）媽媽，這件衣服拿回家去做個紀念吧。

大兵　　　　　（白）駝龍時刻已到，別再說咧！

素貞　　　　　（白）好！就與我個痛快吧！

（開槍打死介）

司令　　　　　（白）就此回署。正是：善惡到頭終有報，只等來早與來遲。

（同下完）

《槍斃劉漢臣》

（《槍斃劉漢臣》這齣戲在三十年代暢行全國。評劇、京劇均有演出。主題一致，控訴軍閥對藝人的迫害。但都是幕表戲，並沒有統一的劇本。筆者覓求多年亦無收穫。故只得存目待考。）

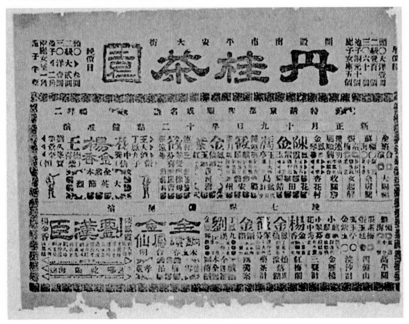

此圖為迄今僅存的有關名伶劉漢臣1926年，生前在天津南市丹桂茶園，挑樑獻演文武雙齣《戲迷全傳》和《哪姹鬧海》的戲劇廣告。也就是在這一時期，被褚玉璞的五姨太小青看中，無端釀出了殺身之禍。筆者特將這幀廣告刊登於此，算是對此名伶無言之憑悼。

參考文獻

1. 中國政協文史資料研究委員會編,《京劇談往錄》1～4,北京出版社 1985～1995 年。

2. 王大錯編著,《戲考》,上海中華圖書館出版,臺灣里仁書局民國六十九年再版年。

3. 王文章編,《清昇平署戲裝扮像譜》,學苑出版社,2006 年。

4. 北平國劇學會編,《國劇畫報》,北平國劇畫報社出版,1935 年。

5. 北京市藝術研究所、上海藝術研究所編,《中國京劇史》,中國戲劇出版社,1990 年。

6. 田漎整理,蓋叫天藏本,《武松》,1954 年。

7. 田漎藏,中國戲曲研究院編輯,《京劇叢刊》,上海,新文藝出版社,1958 年。

8. 李德生藏本,海上漱石生題本,《評戲考》,出版公司待考,1936 年。

9. 李德生藏本,評劇研究社編,《蹦蹦戲考》上海圖書出版公司,1936 年。

10.沈毓琛撰,《家史》,2017 年。

11.沈葦窗編,《大人》雜誌,〔香港〕大人出版社,1973 年。

12.沈葦窗編,《大成》雜誌,〔香港〕大成出版社,1976 年。

13.周貽白著,《中國戲曲發展史綱要》,中國戲劇出版社,上海書店出版社,2004 年。

14.金耀章編,《中國京劇史圖錄》,河北教育出版社,1989 年。

15.張次溪編,《清代燕都梨園史料》,北平邃雅齋書店,1934 年。

16.張次溪編，《清代燕都梨園史料續編》，北平松筠閣書店，1937 年。

17.張伯駒著，《紅毹紀夢詩注》，北京寶文堂書店，1988 年。

18.陳志明、王維賢編，《立言畫刊京劇資料選編》，文苑出版社，2005 年。

19.路工選編，《清代北京竹枝詞》，北京出版社，1962 年。

20.潘俠風藏，北京市戲曲研究編，《京劇彙編》，北京出版社，1956 年。

21.蔡世成輯，《申報京劇資料選編》，（內部發行），1994 年。

22.蕭長華著，《蕭長華戲曲談叢》，中國戲劇出版社，1980 年。